당신은 설워할 봄이라도 있었겠지만

당신은 설워할 봄이라도 있었겠지만

1판 1쇄 발행 2019년 4월 3일

지 은 이 허영선
펴 낸 이 신혜경
펴 낸 곳 마음의숲

대 표 권대웅
주 간 이효선
책임편집 전태영
편 집 송희영
디 자 인 임정현
마 케 팅 노근수 허경아

출판등록 2006년 8월 1일(제2006-000159호)
주 소 서울시 마포구 동교로 144-13(서교동 463-32, 2층)
전 화 (02) 322-3164~5 팩스 (02) 322-3166
이 메 일 maumsup@naver.com
인스타그램 @maumsup
용지 신승지류유통(주) 인쇄 스크린그래픽 제본 (주)상지사P&B

ISBN 979-11-6285-027-5 (03810)

*값은 뒤표지에 있습니다.

*이 도서의 국립중앙도서관 출판예정도서목록(CIP)은 e-CIP홈페이지(http://www.nl.go.kr/ecip)와 국가자료공동목록시스템(http://www.nl.go.kr/kolisnet)에서 이용하실 수 있습니다.
(CIP제어번호: CIP2019008987)

당신은 설워할 봄이라도 있었겠지만

허영선 지음

마음의숲

제주도에서 보내는 편지
당신과 딱 한 번의 봄이라도 살고 싶지만

"자연은 황홀하나 비애는 깊다." "삶은 짧고 비극은 길다." 제주 땅을 태로 둔 내게 이 땅이 주는 말이다. 젊은 날엔 떠나고 싶던 땅. 자잘한 모의만 하다 봄은 해마다 해일처럼 밀려왔고, 밀려갔다.

절박하게, 섬을 떠나고 싶던 사람들이 있었다. 삶과 죽음이 머리카락 한 올 차이였던 제주4·3 속에서였다. 감히 어떻게 안다 하겠는가. 나는 그들의 시간을 살지 않았으므로. 사랑하는 당신이 죽고, 구금되거나 행방불명되었던 그들. 섬의 발톱마저 삼켜버린 그들의 비린 시간을 생물학적으로 나는 살지 않았으므로.

그럼에도 그 지독한 시간이 남긴 것을 조금 안다면, 그들의 시간 속엔 우리가 예측할 수 없는 '인간이란 무엇인가'란 물음이 있고, 답이 있다는 것이다. 그리고 슬픔을 넘어선 울음, 죽음을 건너온 희망의 언어가 나를 위로했다. 역설적으로, 지금 아프다 하는 것이 죽음의 불구덩이를 살아나와 꽃을 피운 그들의 고통만 하겠는가.

내가 만난 그들은 슬픈 눈으로 말했다. "난 집단학살의 계곡으로 여덟 번 찾으러 갔던 사람이우다. 남편에게 입힌 일본제 천으로 만든 마지막 두루마기를 내가 아니까. 어떤 이는 말했다. 탄환이 지난 등 안고 70년을 살았수다. 행방불명된 남편은 정말로 죽었습니까. 그래도 '살암시민(살다보면) 살아집니다.'"

오늘도 만난다. 구구단 5단까지만 가르쳐주고 떠난 젊은 아버지. 아직도 명예회복 되지 않은 아버지가 너무 가슴 아파서 돌아누워 70년을 운다는 여든의 딸을. 아들을 모른다고, 당신을 모른다고 해야 했던 섬, 예쁘니까 죄였다고 우는 가슴들을. 누구도 인간을 쏠 권리는 없었다. 그럼에도 맥없이 죽어야 했던 사람들이 있다. 왜냐고 물었다면 '왜?'라는 이유가 죄였으니까.

제주에 온 이들은 이 자연 앞에 아름답다 찬사를 보낸다. 제주는 신화와 전설의 섬이고, 빛나는 구름의 섬이다. 사람들은 바다 가장 가까이 발을 담그고 사진을 찍고 싶어 하고, 한라산과 오름 위에 올라 바람을 담는다. 그러면서 제주가 더 변하지 말았으면 한다. 그런 제주도가 뉴스의 일번지로 떠오르고 있다. 한없이 방황하는 자의 얼굴로 갈 길을 묻는다.

제주에는 사실 변치 않는 제주의 얼굴이 있다. 애써 외면하지 말라고 밀을 긴다. 그건 제주 현대사의 가장 큰 어둠인 4·3 항쟁이다. 해방공간(1947.3.1.~1954.9.21.) 7년 7개월 동안 제주도민 3만여 명이 희생되었던, 이 대비극 위에 제주가 있음을 기억해야 한다는 것이다.

오늘의 제주는 이 비극이 뿌리가 됐다. 눈물은 생명이 되고 꽃이 되고 정신은 여기서부터 진보한다. 제주의 4월은 흐르는 넋의 계절. 한라산으로 가다 보면 만나는 나무숲 저 어디쯤을 훑으며 가는 시간이다. 황량한 해변이 꽃 무더기 화사한 해변이 되었다. 근심 없이 피어난 듯 여리고 하늘하늘한 무꽃처럼.

그럼에도, 본다. 이 깊은 비극은 인간에게 다시는 그러한 비극이 없어야 할 것을 선언하는 것임을. 제주의 아픔이 인간들에게는 근본을 통찰하게 하고, 더 깊은 자연을 완성시키고 있음을. 왜냐면, 그때 살아남은 사람들은 살아서 폐허를 아름답게 가꿔냈기에. 자연은 그런 정신의 지류를 탐색하게 한다. 제주를 키운 건 아름다운 자연이 아니다. 신화와 전설만이 아니다. 품어야 했으나 국가가 조준하였던 캄캄한 시대가 있어서였다. 아무런 죄 없이 봄을 살아보지 못한 숱한 사람들의 참혹한 역사다. 그러한 역사를 배태한 제주는 더 풍부해졌고, 더 깊은 얼굴이 됐다. 비극 이후 서정이 어떻게 흐르겠는가. 전쟁을 겪은 자의 삶과 이후의 삶은 얼마나 다른가. 슬픔을 슬픔이라 말할 수 있는 자와 아닌 자는 얼마나 다른가. 봄이 온다. 기억의 봄이다.

이 글은 최근까지 《한겨레》《한겨레21》《제민일보》《코리아나》 등 여러 매체에 발표한 글들을 손보고, 새로 쓴 산문들을 모은 것이다. 글을 모은다는 것은 무슨 의미일까. 모을 이유가 있을까. 그냥 흘려보내야 하는 게 아닐까. 숱하게 자문하였다. 글은 생물과 같아서 시간성을 염두에 둬야 했기 때문이다. 하지만 제주의 이야기가 제주 바다를 건너지 못할 이야기는 아니기에, 조금은 스스로 위안하기로 했다. 제주가 세계의 섬이듯, 제주를 사랑하는 당신들이라면 제주의 시간들을 이해해주리라 생각하기에.

모아놓고 보니 나의 대부분의 언어는 슬픔과 고통에 속하는 것들이 많았다. 제주의 얼굴을 할퀴고 흘러가는 애린 것들에 대한 기록이다. 나는 가혹한 시대가 남긴 언어들에서, 그 고통을 뚫고 나온 언어들에 이 땅의 풍경을 그려본다. 그 시대를 살다간 사람들에게서 현재를 읽는다. 이 글에서 나는 많은 인간의 삶을 불러내었다. 그러면서 제주를 산다.

나는 제주4·3평화공원의 행방불명인 묘비를 걷는다. 거기에서 특히나 이름 없는 자의 묘비에 머문다. 이명 미상, 강명미상. 이들의 생몰년을 본다. 그들이 태어나서 돌아간 날을 합하면 모두 꽃으로 피었다가 지는 순간이 얼마 되지 않는다. 눈처럼. 사그라진 생명들, 꽃처럼 잠깐 왔다가 곧 가버린 아기들의 날들도 있고, 누군가의 사랑하는 남편, 아내, 아버지, 시부모였던 그들이 살았던 시간을 걷는다.

이 땅을 보아라. 윙윙대는 바람 속에 떠나서 흙으로 녹아든 살, 허연 뼛자루로 누운 그대를 기다리는 숟가락, 그대가 입었던 옷 찾는 당신들과, 삐걱이는 흉터를 안고 사는 사람들이 있다. 생존자의 눈인 팽나무가 기억하고, 살아남은 동백씨처럼 기다리는 그들이 있다. 이 땅 어느 기슭, 어느 해변 운명의 장소가 아닌 곳 있는지. 그러니, 그들에게 덮친 운명이 타인의 운명인가.

4·3은 이제 일흔한 살이 되었다. 기억은 시도 때도 없이, 아침과 밤의 구분도 없이 그냥 온다. 검은 밤이 떠오르고, 붉은 눈밭이 떠오르고, 허연 파도의 갈기가 기억처럼 솟구쳐 압도하게 만든다. 제주의 홑동백은 한겨울 눈 속에도 전혀 기죽지 않고 수줍은 붉음으로 강렬한 대비를 보인다. 그 눈 속에서 어

느 할머니는 죽은 자식을 떠올리고, 누구는 복사꽃 같은 봄의 아이를 생각하리.

또다시, 바다마저 통곡을 삼킨 애도의 봄이 오고 있다. 피워 보지 못한 짧은 생이었기에, 그 서러운 봄을 대면하지 못한 사람들의 봄을 생각한다. 죽은 자들이 말한다. 당신은 설워할 봄이라도 있었겠지만. 산 자들이 말한다. 당신과 딱 한 번의 봄이라도 살고 싶지만.

고마움을 전한다. 이런 나의 부끄러움을 과감히 벗겨내라고 자꾸 부추긴 달의 시인 권대웅 마음의숲 대표. 그의 제주를 향한 그냥 그대로의 애정이 없었다면 이 책은 나올 수 없었다, 아니 그저 흘려보내고야 말 글들이었을 거다. 이효선 주간, 전태영 편집자의 애정 어린 매만짐도 그런 선에 있다. 이 글을 끝까지 잘 읽어준 나의 후배 김경선에게도 깊은 고마움을 전한다. 새로 모아보니 사는 동안 잊지 말았으면 하는 말들도 보인다. 그냥 우리가 가는 길. 그 길 위에서 조금 쉬어가면 좋겠다는 마음이다.

허영선

차례

1장 서러움에 사무치는 봄길을 걸어봅니다

2장 살다보니 살아지더군요

3장

전쟁이 남긴 노래

4장 슬픈 그들이 보고 있습니다

5장

당신에게 위로할 봄이라도 드리고 싶지만

* 본문에 사용한 제주 방언 및 저자 고유의 표현 등은 고유의 글맛을 위해 그대로 살려두었음을 밝힙니다.

난 찐빵을 안 먹습니다

그해 여름날이었습니다. 갑자기 들이닥친 군인들이 남편을 동네 청년들과 함께 트럭에 태우고 있었습니다. 어제도 굶고 오늘도 굶은 남편은 몰골이 말이 아니었어요. 팽나무 아래 동네 사람들과 가슴 졸이며 앉아 있던 나는 가슴이 뛰었어요. 두려움에 떠는 남편의 눈빛이 느껴졌어요. 남편이 너무나 가여웠어요. 마침 바로 마을 동녘 길가에 빵장수가 있었어요. 난 주머니에 꼬깃꼬깃 모아두었던 돈을 꺼내 빵을 사러 뛰어갔어요. 저 트럭이 출발하기 전 달려가야 할 텐데. 난 빵 한 봉지를 사들고 허둥지둥 달려갔어요. 차 위로, 온 힘을 다해 그 빵을 탁 올렸어요. 순식간에 트럭은 "빵" 소리를 내며 어디론가 떠나버렸어요. 말 한번 해보지도 못하고……. 이 빵 나눠서들 드시라고 말도 다하지 못하고……. 난 돌아서서 엉엉 울었어요. 울고 있는 내게 누군가가 말했어요.

"꼭 다시 돌아옵니다." 그게 마지막이었어요.

살아서 다시 만날 수 있을 거라 믿고 기다리고 또 기다렸지만 남편은 돌아오지 않았습니다. 딸만 하나 달랑 남겨두고. 남편이 너무너무 불쌍해요. 난 아흔둘인데, 남편은 너무 일찍 떠났잖아요. 1947년부터 1954년까지 7년 7개월 동안 이

어쨌던 제주4·3사건은 사랑하는 사람을 영원히 떼어놓았습니다. 남편에게 그때 그 빵의 온기가 조금이라도 전해졌을까요.

나중에 들은 소식입니다. 남편은 1950년 당시 정뜨르비행장(제주국제공항)에서 학살당했다고 합니다. 그날 남편을 비롯 트럭에 실려간 사람들의 살이 저 어딘가서 썩어갔을 거여요. 뼛자루 하나만 찾을 수 있다면 좋겠어요. 스물둘. 아, 너무 어린 나이에 죽었잖아요. 너무나 서럽고 설운 봄이지요. 남편은 이렇게 말하겠지요. 당신은 설워할 봄이라도 있었겠지만. 그게 위로가 될까요. 아흔둘. 아, 오래 살아 미안합니다. 그날 이후 난 찐빵을 먹을 수가 없습니다. (박경생 할머니)

1장

봄길을 걸어봅니다

서러움에 사무치는

난 고사리를 먹지 않습니다

아, 그땐 봄이었습니다. 고사리가 너무 좋았어요. 지천에 깔렸어요. 난 벗들이랑 매일매일 새벽부터 들에 나가 고사리를 꺾었습니다. 생고사리는 열네 살에겐 정말 무거웠어요. 등짐 져 나오는데 친구들은 다들 자기네 집에서 마중 나왔어요. 근데 우리 집에선 아무도 마중 나오지 않았던 겁니다. 왜 나만 마중 오지 않느냐고 집에 와서 막 울었어요. 그런데도 뒷날은 또 갔어요. 한 포대기 등에 지고 오는데 정말 힘들었어요. 광평 너븐드르 거의 내려왔을 땝니다. 멀리서 우리 아버지가 뒷짐 지고 겅중겅중 마중 오고 있었어요. 아, 우리 아버지구나. 난 속으로 기뻤어요. 아버지가 내 앞으로 가까이 다가왔어요. 그때 저 동쪽으로 순경들이 발 하나 가득 보였어요. 순경 10여 명이 팍팍 날라왔어요. 팡팡 쏠 것 같아서 난 무서웠어요.

다급해진 아버지가 내게 "조금만 내려가면 고모네 집이니까 넌 그리로 내려가라"고 하는 겁니다. 순간 순경들이 팍 우리 앞에 날려들었어요. 우리 아버진 오십 미터도 못 가서 총 팡 쏘니까 겁이 나서 서녘 밭으로 들어갔어요. 뛰니까, 도망친다고, 순경들이 쏘아버린 모양입니다.

그땐 봄이니까. 봄이어서 해가 있었어요. 일곱 시쯤인가, 한

참 있어야 해가 떨어졌습니다. 난 그래도 우리 아버지가 고모네 집으로 가는가 했어요. 그 순경들은 짐을 다 부리라 하는 거예요. 쌀이나 올렸을까 봐 내 고사리 푸대를 칵칵 쑤셔 댔어요.

밤이 캄캄해도 아버지는 오지 않으셨어요. 동네 사람들도 형님만 안 보인다고 찾으러 다니고. 초하루 달이 불그스름하게 져올 때입니다. 삼촌이 "형님은 잣밧듸(돌밭에) 누워십디다" 하는 겁니다. '우리 아버진 죽었구나.' 그 밤에 가서 보니 아버진 구덩이를 이만큼하게 파놓고 거기에. 얼마나 못 견뎠는지 꽝꽝한 조발을 막 손톱으로 판 흔적이 보이는 겁니다. 피만 졸졸 나고 있었어요. 그게 마지막이야.

다음날, 고사리 함께 하고 오던 우리 친구들이 그랬어. 숨었다 내려오는데 "사람 살려 사람 살려" 소리 들리더랍니다. 나 때문에 고사리 마중 나갔다 죽었다고 막 소문 파다했어요. 장례 치르고 나니 가을 들었어요. 난 고사리가 정말 지긋지긋합니다.

고사리 철이면 제주사람들은 누구랄 것도 없이 들로 나가곤 한다. 누군가에게 고사리는 봄철의 귀한 식량이자 수입원이다. 하지만 이 할머니에게 고사리는 오랜 트라우마였다. 저놈의 고사리가 밉다고 했다. 고사리 때문에 자신이 아버지를 죽게 했다는 죄책감에 시달린다. 제주시 광평 너븐드르 살던 시기. 시국이 뒤숭숭한 줄도 모르고 고사리는 무성했다. 아버지의 죽음은 1948년 4·3의 초입에 있었다. 제주시 노형동의 현 할머니는 당시 열네 살 소녀였다.

사무치는

그 꽃길을 걸었습니까

꽃폭풍, 그 속을 걸었습니까. 폭설처럼 흩어지며 꽃비가 내렸습니다. 분별없는 노래처럼 제멋대로 내렸습니다. 홀로 밀회하러 나간 꽃길. 그 길 위로 어디서 툭! 툭! 붉은 것이 떨어집니다. 벚꽃잎 내려앉은 바닥 위로 붉은 동백 입술 여기저기 뭉개졌습니다. 이 조용한 봄날, 이 연분홍 봄날, 저 붉음이라니! 바닥과 닿을 만큼 비틀린 벚나무가 비틀린 채 꽃을 피웁니다. "그래도 삶은 계속된다"고 말하는 듯합니다. 그만하면 좌절할 만도 할 터인데 말이지요. 언 땅을 뚫고, 지옥을 뚫고서도 봄은 올라옵니다. 저절로 올라올 리 없는 것들이 기어이 올라옵니다.

봄 봄! 보이시나요? 그 꽃길 위에서 두 손 모은 여인을 만났습니다. 살아서 꽃을 볼 수 있다는 것이 너무나 고마워 저절로 고개 숙어진답니다. 4월 제주는 눈부신 경이와 매혹입니다. 검은 돌구멍 사이로 샛노랑 유채꽃이 밀물집니다. 환하게, 활짝, 한 번만, 이 꽃피는 봄날 제주를 살려오시라고 합니다.

제주의 봄날은 두 얼굴로 옵니다. 가장 낮은 곳으로부터 옵니다. 안 보이는 속으로부터 옵니다. 제주의 봄, 슬픔과 찬란함의 두 얼굴로 옵니다. 이 모든 광휘의 생명들도 지옥철을 지나왔습니까. 봄! 뼛속까지 금이 간 바다에서 올라온 4월 제주. 당신에게 묻지요.

기억하시지요. 단 한 번의 생, 언젠가 한 생을 살려 온 사람들이 늙어보지도 못하고, 꽃피워보지도 못하고 떠났습니다. 그리 떠난 그들이 돌아오는 봄. 죽은 줄 알았던 것들이 홀연 살아 돌아오는 꽃철입니다. 4월 제주의 사람들이 그랬고, 4월의 아이들이 그랬고, 한철 꽃처럼 떠난 사람들이 그랬습니다. 이 봄을 밝히는 노란 꽃등이 그렇게 높고 화안한 까닭입니다. 손잡이 없이도 문이 열리는 봄의 시간. 이 들 저 들마다 어린 눈동자부터 늙은 눈동자까지 봄 꽃등 켜는 까닭입니다.

기억하시지요. 물속에서 올라온 봄! 봄입니다. 푸르스름 돌고래의 슬픈 눈동자를 달고 봄은 이제 오는가. 경로를 이탈한 저 배는 왜 저렇게 바로 누이지도 못하고 옆으로 누운 눈동자로 올라오는가. 녹슬고 비틀린 몸뚱이로 인양된 저것은 물속의 아우성처럼 들리는가. 그렇게 제주로 오던 봄 눈동자들이 피었습니다. 시인은 이렇게 노래하지요. "아무리 뛰어난 머리도 가슴의 힘을 이기지 못한다/ 어떤 경륜도 젊은이들의 순수함을 이기지 못한다// 아무리 빠른 것도 뿌리 깊은 것을 이기지 못한다/ 아무리 잘 나가도 정도(正道)를 걷는 자를 이기지 못한다// 강하고 굳센 것들은 결국/ 부드러운 것을 이기지 못한다// 거대하고 빛나는 것들은/ 작은 것들의 아름다운 평화에 이르지 못한다// 투쟁은 아무리 승승장구해도/ 나직한 사랑 하나 끝내 이기지 못한다// 작고 눈물겹고 부드러운 것들이 말없이 피어나는 봄/ 그리고 나눔"*

* 박노해, 〈봄의 승리〉, 박노해 시인의 '숨고르기' 중에서, 2003

이른 새벽 제주땅 거친오름 자락 애도의 공간에 섰습니다. 봄볕 베어 문 까마귀떼가 이리저리 서성이고, 유채꽃 너머 4월 한라가 새하얗게 머리를 감싸고 있습니다. 늙은 무릎을 꿇고 새벽이 오기까지 봄밤을 지새운 한 여인이 4·3 행방불명인 묘비를 닦고 있습니다. 기억의 얼굴을 닦고 있습니다. 한번 가서 돌아오지 않은 사람의 얼굴입니다. 한때는 4월 제주, 이 봄날에 눈물을 보이지 못했습니다. 눈물이 유죄였던 시절, 꽃이 아름답다 해도 유죄였겠지요. 쫑긋쫑긋 올라오던 쑥마저 밥이 돼야 했던 적 있습니다. 제주시 산지항 옛 주정 공장 터에선 너나없이 뜯었기에 쑥 구경 봄 구경할 새 없던 시절이었죠. 그해 봄날의 사람들이 돌아옵니다. 꽃으로 돌아옵니다.

이 산 저 산 천진난만하게 얼굴을 내미는 꽃사태의 봄날. 제주의 봄에 취한 자, 향기도 함부로 건드려선 안 됐지요. 제주의 4월에 피는 꽃들은 미안해서 눈을 뜰 수 없었습니다. 너무 눈부신 것도, 너무 우아한 것도 죄가 되나요. 견디고 견뎌내고 올라온 봄이기에 그렇죠. 이렇게 경이롭고 매혹적인 봄. 그럼에도, 봄의 발바닥은 저린 통증입니다. 이렇게 불러봅니다. "견딘다고 견딘 것도 아니지만/ 짐승처럼 문 틈새로 기어오는 이 봄날도/ 그대여, 그냥 그대로의 봄날이 아닌 줄 아시나요"* 그렇지요. 이 먹먹한 봄날도, 노랑 분홍 질펀한 봄날도 다 우리 것입니다. 역사가 된 기억이 살아 있는 한 더 빛나는 이 땅입니다. 꽃자리마다 아픈 기억의 처소가 분명합니다. 우리가 몰랐던 슬픈 넋들이 앉았던 자리에 봄풀이 올라옵니다.

제주의 봄은 먼바다로부터 옵니다. 모든 파도가 이곳으로 달려왔다면 파도가 이는 방향이 바로 바람의 언덕입니다. 바람은 파도의 말을 삼키고, 파도는 바다의 말을 삼킵니다. 수평선을 가르는 구름이 밝은 빛을 띠는 것은 숨어 있는 빛 때문입니다. 아득한 바다, 한때는 벅찬 숨비소리를 냈을 바다 앞에서 여인이 바위의 해초들을 솎아내고 있습니다. 뜨거운 가슴을 삭이고 데웠던 젊은 날의 바다입니다. 이윽고 느린 걸음, 늙은 손에 바다 것 한 바구니 들려 있습니다. 한 생애의 시작과 절정이 거기, 바다에 있었습니다. 봄 바다의 잔치는 이제 시작입니다.

전혀 오지 않을 것 같던 봄을 살았습니까. 그렇게 살았던 적 있습니까. 그럼에도, 다시 봄날입니다. 묻혔던 진실의 봄이 왔고, 봄은 침몰하지 않았습니다. 덧없이 사라진

---

* 허영선, 〈유채꽃 필 무렵〉

목소리들이 노랑노랑 복수초 속에 피어납니다. 이토록 간결하고 짧은 봄의 나날에 조금 더 머물러 있을 수 있기를 희망합니다. 봄이 몇 센티미터쯤은 누적됐을 저 높은 담벼락에도, 닿지 못할 당신에게도.

기억의 땅에 사뿐 꽃잔치가 열렸습니다. 꽃그늘 아래선 어두운 마음의 그림자도, 역사의 무거움도 가볍습니다. 해서, 희망합니다. 지상에 머무는 시간은 짧은 그것들이지만 우리 나날은 그러하기를. 참으로 봄날이 봄다웠던 그때처럼 우리 삶도 나날이 꽃잔치라면, 두근두근 꽃잔치에 고기국수 먹으러 가던 명랑이라면 얼마나 좋을까요.

어떤 아픔은 바닥을 쳐야 지독한 사랑이 보입니다. 그렇지요. 아마도 어느 곶자왈 거대한 바윗덩이에 물오른 연두의 봄도 그냥 쉬이 온 적은 없을 테지요. 견디고 견뎌내서 피워낸 것들, 밀어내고 밀어내서 하르륵 올라온 향기입니다. 허니, 이 향기를 4월 제주, 당신에게 보냅니다. 누구든 치유받아야 할 시린 가슴마다 그렇게 올라온 강력한 봄 한 종지쯤 품고 살 수 있기를!

봄길 위에 살아서 이 반짝이는 연두를, 아름다움을 만날 수 없던 당신이 있습니다. 그러니, 이 눈부신 꽃그늘의 봄을 당신에게 보냅니다.

나를 치유하고 싶다면 이 섬으로 오라

검은 능선들이 꿈틀거린다. 올망졸망 오름들이 깨어난다. 그것들은 곧 무리 지어 어디론가 달려나갈 태세다. 제주의 새벽은 그렇게 온다.

바람과 빛이 모여 사는 용눈이오름. 새하얀 물매화가 하늘거린다. 들판은 야생화 천지다. 평지에 불룩 솟아오른 이 출렁이는 야산들을 사람들은 '오름'이라 했다. 제주도는 세계에서 가장 많은 오름의 왕국. 1년 365일 오르고도 남는다. 저 유명한 이탈리아 시칠리섬의 에트나(Etna) 화산보다 100여 개가 더 많은 셈이다.

오름 군데군데 아기 오름 같은 둥근 봉분들을 검은 돌담이 두르고 있다. 한 생애의 끝이자 한 생애의 시작이 여기 있다. 무덤 앞으로 세월의 이끼를 둘러쓴 석상, 동자석이 죽은 자의 벗으로 서 있다. 인간의 기쁨과 슬픔이 밴 영적인 표정. 동자석을 만든 이는 이 섬의 이름 없는 사람들이었으리.

멀리 말을 모는 테우리(목동)의 소리가 들린다. 어슬렁, 누런 소들이 이리저리 흩어져 풀밭 위의 식사를 하고 있다. 오름은 고사리, 나물, 약초를 캐던 삶의 터이자 안온한 위안이다. 그 옛날 오름은 이 섬사람들의 항쟁의 거점이었으며, 생을 다한 사람들이 육신을 누이던 곳이었다.

오름의 바람은 쉬이 잠들지 못한다. 그 바람은 다디달지만, 비린내를 머금고 있다. 오름에 올라 탁 트인 바다와 한라산을 보라. 구불구불 능선으로 이어지는 한라와 오름, 둥근 초가와 해안선, 계곡, 굽이치는 밭돌담, 둥근 봉분들. 제주도는 곡선이다.

휘영청 달 밝은 밤, 다랑쉬오름에 서면 먼 달이 포옥 굼부리(분화구) 안으로 안기는 느낌을 받을 것이다. 높거나 낮은 오름들은 그 자체로 눕거나 엎드린 자태로 농염하고, 안온하다. 움푹 파인 분화구는 대지의 자궁이다. 모든 생성과 소멸을 담는다.

제주도는 빛의 섬이다. 오름 위의 빛과 바람은 전혀 상상할 수 없는 색감을 풀어낸다. 순간 오름의 흙, 오름의 풀은 그들만의 색과 질감으로 출렁인다.

산정호수 사라오름으로 가는 길은 한라산 가는 길이다. 성판악에서 시작된 한라의 길은 붉은 단풍과 초록 활엽수, 빨강 윤노리낭(윤노리나무) 열매가 반짝이는 길이다. 한라산은 제주사람들의 삶의 근원이자 상상력의 근원이다. 하늘에서 내려다본 한라는 폭신한 융단 같다. 한라, 손으로 은하를 만질 수 있다는 산. 누워서 하늘을 보면 그것들이 우수수 쏟아진다. 신화의 산이자 어머니의 산. 고독하나 강건한 뼛골로 위안인 산. 태풍에 맞서며, 외압에 맞서며 모두를 지켜주는 산이다.

바깥 채도보다 많이 낮은 골짜기로 들어선다. 저것은 무엇이냐. 거대한 바위가 나무를 껴안고, 나무가 바위를 껴안고 있다. 나무와 바위가 얽히고설키며 살아가는 집, 곶자왈이다. 제주의 속살을 만질 수 있는 원시의 공간. 이토록 강한 야생의 본능을 본 적이 있던가. 200만 년 전, 불기둥이 솟아오른 화산섬 제주도. 빠르고도 느리게 흐르는 용암은 곳곳에 그들의 힘으로 누르고, 찍은 흔적을 남겨놓았다. 선흘곶 동백동산도 불의 자국이다. 이 곶자왈은 생명수를 걸러주는 보물창고다. 여기서 제주인의 삶과 역사가 이루어졌다. 숯을 굽고, 열매를 따고, 나무를 베어 집을 지었으며, 온갖 희귀식물과 노루, 살아 있는 것들을 안았다.

거문오름을 오르는 길도 그러하다. 오래된 이 숲이 말한다. '사람아, 너도 자연이니 자연을 닮아라.' 그저 겸허하란 말씀. 여기선 더 천천히, 고개 숙여 숲길을 걸어야 한다.

바다 위의 한 점 섬, 제주도. 지중해나 다른 바다와 달리 이곳 바다는 온몸으로 소리친다. 마을마다 바다색은 왜 이다지 다른가. 쪽빛에서 청옥빛, 깊은 블루, 검은색까지.

안개 자옥한 날, 제주 바다에서는 음울한 음조의 무가(巫歌) 소리가 구슬프게 떠다닌다. 그 무가 소리는 제주의 검은 돌보다 더 짙은 색조를 띤다. 바다에서 숨진 영혼들, 바다로 떠나는 이들의 안녕을 기원하는 소리. 음력 2월엔 바람의 신 '영등할망'이 바람 타고 온다. 제주도는 1만 8천 신들의 낙원. 한라산, 바다, 동굴, 마을마다 신화가 스며 있다. 그 신들의 왕국을 대변하듯 마을마다 본향당이 있고 마을 사람들이 비념(제주에서 병을 낫게 해달라고 기원하는 작은 규모의 굿)을 한다.

파도와 바람은 섬의 미학을 결정지었다. 쇠소깍을 지나 서귀포 외돌개 해안, 대포리 해안, 예래동의 갯깍에 이르면 신음이 절로 나온다. 제주 화산이 탄생시킨 결정체. 용암이 흐르다 멈춘 화산 땅이 여기 있다. 제주도는 불의 섬이다. 바람과 밀물이 밀어낸 거친 파도가 층층 시간을 새겨놓았다. 바다에서 우뚝우뚝 솟아난 수직의 바위 돌기둥 앞에 서면 전율이 온다. 파도 바람이 빚어낸 신의 걸작 주상절리다. 억겁의 세월, 화산이 폭발하는 순간, 그 뜨거운 용암이 흘렀으리. 구불구불 때론 격하게 때론 순하게 흘러내리다 바다와 만나는 순간 그 붉은 눈물을 뚝 그쳤으리. 용암의 힘은 한라산, 거문오름 용암동굴계, 성산일출봉 같은 걸출한 세계자연유산을 선사했다.

제주도는 온 섬이 지질 공원이다. 구멍 숭숭 난 제주 현무암은 세포 하나하나에 바람을 품는다. 헝겊 같은 함박눈이 펴들펴들 내리는 날 섬의 해안을 한 바퀴 돌아보라. 돌담 사이사이로 박힌 눈돌담은 그 자체가 바람이다. 옛 사람들은 그 돌을 쪼개고 다듬어서 살림살이를 만들어 썼다.

온갖 동물 모양새의 화산탄들, 사람과 닮은 돌의 표정, 제주의 원초적인 것들을 만나고 싶다면 제주돌문화공원으로 가야 한다. 그곳은 제주섬 창조 거녀(巨女) 설문대할

망과 그 아들 오백장군의 이야기가 흐르는 신화의 정원이다. 흑백의 정원이다. 거기서는 시간이 느리게 흐른다. 그래서 마음이 바쁜 이들은 아예 포기하는 것이 낫다.

바다 위로 가장 장엄하게 해가 솟구친다는 성산. 사람들은 이곳의 숨막히는 해돋이 앞에 경의를 표한다. 바다에서 폭발해 솟은 산이라니! 성산은 올라서 보는 것보다 조금은 떨어져 봐야 아름답다. 또한 하늘에서 보면 위용이 더 느껴진다.

허나, 이 담대한 성산일출봉 해안가엔 왜 슬픈 눈동자가 떠도는가. 진정 이 섬의 참모습을 느끼고 싶다면 이 땅의 상처를 알아야 하리. 성산이 거느린 비애는 황홀해서 더 처연하다. 수많은 주검들이 널브러졌던 그해 겨울 성산포 해안 터진목은 그냥 지나칠 수 없다. 제주4·3은 그해 겨울, 모든 살아 있는 것들의 심장을 멈추게 했다. 팍팍한 모래를 머금은 순비기꽃이 왜 저리도 비린지, 왜 샛노란 유채꽃이 이리도 가슴을 흔드는지, 왜 이 땅의 동백꽃이 용암보다 더 붉은 빛을 띠는지 알게 되리.

제주도는 수많은 광풍을 만났다. 동북아의 중심에 자리한 섬의 운명이 그러했다. 성산일출봉 해안으로 뺑뺑 아가리를 벌린, 일제강점기 때의 진지동굴들은 그 역사다.

물론 거기에 동원됐던 이들은 제주사람들이다. 강제 노역의 산 증거들이다.

70여 년 전, 해방공간 제주섬에서 벌어진 현대사의 대참극 제주4·3. 1947년 3월 1일이 도화선이 돼 일어난 이 비극은 1954년까지 7년 7개월 동안 섬의 공동체를 절멸시켰다. 1948년 4월에서 이듬해 겨울까지 한라산은 그 엄청난 비극을 목격했고, 숨을 죽였다. 그 시절, 산은 이리저리 쫓고 쫓기는 자들의 학살터이자 은신처였다. 섬은 핏빛으로 새벽과 어둠을 맞았다. 섬의 절경은 그 모든 비통한 언어들로 억누른 가슴이었다.

송악산 가는 길도 그런 바람 타는 길, 역사의 길이다. 지금도 들판 위로 일제강점기의 수많은 격납고가 둥글게 입을 벌리고 포복한 것이 보인다. 4·3의 고통스러운 상징인 섯알오름. 끝내는 자신들의 마지막을 예감한 자들이 가는 길마다 고무신짝 하나씩 떨구며 떠나던 길. 오죽하면 그날을 목격한 눈이 '멸젓처럼 쌓인 시신들'이었다 할까. 하여, 백조일손지지(百祖一孫之地)란 이름이 탄생했다. 백 조상에 하나의 자손. 누구의 조상인지 알 수 없으니 그저 이리 이름했다.

이윽고 바람의 언덕 송악산에 다다른다. 풀잎마저 잠

들 수 없는 여기선 형제섬, 가파도와 마라도가 보인다. 좀 더 원형질의 섬을 보고 싶다면 다시 섬으로 떠날 일이다. 제주도 속의 섬, 비양도, 마라도, 가파도, 추자도, 우도로. 이 작은 섬들은 그냥 섬이 아니다. 그 자체로 단단한 정신이다.

제주도의 비애는 그 옛날 독립국 탐라와 조선시대에까지 거슬러 올라간다. 제주사람들에게 이 섬은 거칠고 메마르기만 한 땅이었다. 시시때때로 바다의 경계를 넘어온 왜구의 수탈에 빈한한 살림살이를 다 내놓아야 했던 외로운 섬이었다. 또한 조선왕조는 제주를 유배지로 삼았다. 사형을 면한 중죄인에게 가해진 최고 형벌이 제주 유배였다. 그러나 제주의 빼어난 풍광은 유배자로 하여금 절대고독을 예술로 승화하게 만들었다. 정쟁에 휘말려 제주도에서 9년이 넘는 유배 생활을 해야 했던 조선 말기의 학자 추사 김정희가 그 예다.

황혼은 오름들이 다시 검은 능선으로 잠기는 시간이다. 송악산을 나와 차귀도로 가자. 이곳의 낙조는 매혹적이다. 세계지질공원이 된 가장 서쪽 고산리 수월봉에 서면 지는 해가 물을 것이다. 살아온 길과 살아갈 삶의 길에 대해. 당신이 잃어버렸던 것은 무엇인지.

하여, 나를 치유하고 싶다면, 빛과 어둠의 결정체를 만나고 싶다면, 내 안의 잠자는 영감을 깨우고 싶다면, 모든 것 버리고 이 섬으로 오라. 강렬한 에너지를 느끼리라. 제주에선 어디를 바라봐도 시야에 수평선이, 한라산이, 오름이 들어온다.

제주도는 길의 섬이다. 구불구불 올레길, 사려니숲길, 바닷길, 돌길……. 이 길을 걸어본 이들은 알리라. 숨어 있어도 반짝이는 검은 돌의 섬. 이 땅에 제주도가 있다는 것은 얼마나 대단한 축복인가를. 스스로 밝히지 않아도 모든 아름다움이 집중된 곳, 남국의 절창 제주도는 온갖 비바람을 뚫고 탄생한 황홀과 비애의 또다른 이름이다.

활주로의 무덤들

“매 순간 날개를 접었다 펴는 제주의 관문 제주국제공항. 비행기 굉음 소리를 들으며 바로 내리고 싶지 않다.”

1988년 43년 만에 고향을 방문하려던 자이니치(ざいにち, 재일) 작가 김석범은 그렇게 말했다. 이곳은 한국 현대사의 대광풍이었던 4·3 때인 1949년과 이듬해 한국전쟁이 터지자마자 수백 명의 민간인이 정당한 사법절차 없이 트럭에 실려와 집단학살된 현장이다. 김석범은 사라진 사람들이 어딘가에 잠들어 있을 공항 활주로 위를 딛고 싶

지 않다고 했다. 그래서 고향땅에 배로 천천히 닿았다.

작가의 그 예감은 현실이었다. 2007년부터 2009년까지 제주4·3연구소의 유해 발굴 작업으로 활주로 구덩이에서 드러난 실체적 진실은 충격이었다. 목격자들의 증언은 맞았다. 기적처럼 60여 년 만에 층층 산더미를 이룬 주검들 "묻혀진 진실은 끝내 드러난다"고 말하는 듯했다. 도장, 학생복, 단추, 허리띠 등 유품들이 "나, 여기 있소" 외치고 있었다. 살아서 마지막 순간까지 몸에 지녔던 그것들은 썩지 않았다. 주검의 신분들이었다.

이후 완전 유해 혹은 뼛조각으로 확인된 이들 380구 유해의 가족찾기 운동이 벌어졌고, 산자들의 피와 혈육이 맞는지 맞춰보기 위한 DNA 검사가 이뤄졌다. 90구의 신원이 확인됐다.

유족들의 참고 참았던 곡소리가 제주 바다를 오래도록 삼켰다. 강 할머니도 남편을 찾았다. 강 할머니. 뉴스는 봐도 텔레비전 드라마는 안 보게 된다는 그녀였다. 서울 가는 비행기를 타고 내릴 때마다 큰아들은 아버지를 위해 기도했으나 정작 아내인 그녀는 비행장 어딘가에 매장돼 있을 남편 생각도 없이, 아무 생각도 없이 타고 내려 미안했다고 내게 고백했었다. 그 아내, 62년 만에 남편의 주검을 찾은 여든아홉 그녀는 혼자서 좋은 세상 살아서 미안하다 했다. 그리고, 육친을 찾지 못한 사람들은 지금도 분명 공항 활주로 어딘가에 묻혀 있을 거라 믿으며 기다린다.

제주4·3 70주년을 맞은 2018년. 10년 만에 다시 공항의 유해 발굴 작업이 이뤄지고 있다. 긴 세월 활주로는 층층 흙과 흙으로 덮여 기억을 한층 더 묻고 있다. 매장된 장소를 찾는 것은 참으로 어렵고 어려운 일. 다만 당시를 목격했던 산 자들의 기억에 기댈 수밖에 없는 일이다.

그들이 본 것이 사실이라면 희생자들은 저 아래 누워 있을 것이다. 저 비행장 아래 구덩이에 여럿이 함께 묻혀 있을 것이다. 공항 가까이 살았던 열네 살 소녀는 집안 제삿날 있었던 일이어서 기억이 또렷하다 한다. 일곱 살 아래 남동생과 와작착 총소리 나는 방향을 함께 봤다. 사람들이 막 우는 소리가 났다. 통시담(변소 돌담)은 높았다. 군 트럭엔 불이 켜져 있었고, 6월 열사흘 달이 밝았다. "유난히 휘영청한 달은 너무 환해 나를 쳐다보는 것만 같았어."

1950년 8월 20일 예비검속으로 희생된 오빠를 둔 구순의 양 할머니가 말했다. "7월 초야. 어른 키만 한 풀, 천상쿨(망초)이 우거졌어. 큰 소나무가 있었어." 아무 일도 없이 곧 나온다 했던 오빠는 비행장 어딘가에 누워 있을 것이란다. 첫 번째 발굴 때 오빠의 유해가 나오지 않자 할머니는 상심이 컸다. "이것이 마지막 될 거라이." 그녀는 초조해 보였다. "이게 어디 잊어불 일이야." 그렇다. 어떻게 잊겠는가. 그녀는 이번 유해 발굴 작업에 생의 마지막 희망을 걸고 있었다. 80대의 할아버지도 아버지 주검을 찾을 마지막 기회라 했다.

2018년, 문재인 대통령은 추도사에서 이렇게 말했다. "4·3의 진실은 어떤 세력도 부정할 수 없는 분명한 역사의 사실로 자리를 잡았다는 것을 선언합니다." 2019년, 이제 4·3특별법 개정안이 국회에서 통과될 날을 기다리고 있다. 여기엔 4·3의 진실규명과 명예회복, 피해자에 대한 국가의 보상 등이 포함돼 있다. 4·3 때 행방불명된 사람만 4천여 명. 죄 없이 구금의 세월을 살아온 사람들에게 이후의 삶은 살아도 산 것이 아니었다.

제주국제공항은 누군가에겐 그렇게 아픈 공간이다. 4·3 70년 동백꽃 배지 하나씩 가슴에 달고 비행기에 오르내리는 사람들이 눈에 띈다. 어여쁘지만 하얀 눈 위에 뚝뚝 지던 동백꽃 목숨들처럼 아리다. 비행기는 여전히 굉음을 내며 오르락내리락 분주하고, 햇살은 찬란하다. 하지만 한 귀퉁이에선 아픈 비명을 듣는 사람들이 있다. 물론 여기뿐이겠는가. 국가 공권력에 희생된 인권의 무덤이 이 땅의 곳곳에 있다. 강요당한 망각의 역사, 인권을 일으켜세워야 하는 시간이 오고 있다.

2018년 제주국제공항 유해 발굴은 모두 5개의 지점이었으나 3개 지점에서는 유해를 발굴하지 못했다. 다만 공항 인근에서 가족으로 추정되는 4구의 유해를 발굴했다. 그러나 2018년 12월, 2007~2009년 제주국제공항 남북 활주로에서 발굴된 유해 가운데 추가 유전자감식을 통해 총 29구의 신원을 찾을 수 있었다. 1949년 군법회의 사형수 21명, 1950년 삼면예비검속 희생자 7명, 기타 1명 등이 70년 만에 가족의 품으로 돌아갔다.

그들은 어디로 갔을까

갈라진 틈새의 외벽, 높은 담장을 따라갔다. 스산했다. 늦가을 이파리들이 툭툭 떨어지고 있었다. 딱딱한 콘크리트를 뚫고 나온 남도의 흙속에 검은 배관들이 보였다. 문화재 발굴하듯 흙 알갱이들마저 소중하게 다루는 발굴 요원들의 신성한 작업이 보였다. 긴장감이 떠나지 않는 5·18기념재단 관계자들의 얼굴도 보였다. 부담감에 포클레인 작동은 또 얼마나 조심스러운가. 며칠 전 찾았던 5·18민주화운동 암매장 추정지 발굴조사에 들어간 옛 광주교도소 현장에서였다.

37년 만의 발굴 작업이었다. 5·18 당시 3공수여단과 계엄군 주둔지였던 옛 광주교도소에 시신을 암매장했다는 유력한 증언에 기대어 작업하고 있다 했다. 보안사 및 군 발표에 의하면 27~28명이 이곳서 사망한 것으로 드러났으나 수습된 시신은 11구뿐이다. 허나 1단계 조사 후, 아직까진 그토록 찾는 유해는 발견되지 못했다. 5·18민주화운동 단순 실종자는 400여 명으로 추정되고 있다. 그렇다면, 그들은 과연 어디로 옮겨졌단 말인가.

그날 이후, 평생 5·18 진실을 추적하고 있는 정수만 전 5·18유족회장은 착잡한 표정으로 말했다. "내 동생 시신을 찾으러 천지를 다 돌아다니며 시체를 봤어요. 결국 찾았지만 못 찾았으면 우리도 실종자 가족이죠. 저 현장이 기재됐는데 안 팔 수가 없잖아요."

혹여 뼛조각 하나라도 만져질까 5월의 주검들을 찾아 더듬는 흙의 손길들 위로 제주 4월의 주검들이 겹쳐졌다. 모두들 삽시에 행방불명된 사람들. 4·3 70주년에 다시 재개될 발굴 작업을 앞두고 기초 조사를 벌이고 있는 제주로서는 더욱 광주의 작업에서 시선을 떼지 못한다. 제주는 2007년부터 2009년 제주국제공항 구덩이에서 4·3 유해 발굴의 성과를 얻었다.

나는 공항의 구덩이에서 겹겹 시산(屍山)을 이뤘던 그 뼛조각들, 누군가의 주검들을 잊을 수 없다. 차디찬 흙더미의 주검들은 우리가 몰랐던 진실의 실증이었다. 직접 파서 보니, 사람들의 예측은 맞지 않았다.

이곳에서 새로운 사실이 확인된 것이다. 서귀포경찰서 예비검속 희생자 다수가 바다에서 희생된 것이 아니라 정뜨르비행장에서 총살됐다는 실증이었다. 제주국제공항 2차 지점의 발굴을 통해 한 구덩이에서 완전 유해 261구를 수습, 성과를 거뒀다. 1949년 10월 2차 군법회의 사형수 249명보다 12구가 추가 발굴된 점에 대한 명확한 사실 규명도 그로 인한 과제였다. 결국 유해 발굴은 아직도 불분명한 행방불명 희생자들에 대한 진실규명을 재촉하고 있다. 유해의 실체는 사건의 유형과 형태까지 드러낸다.

5·18 암매장 추정지 발굴조사가 아무리 난관이 있다 해도 계속돼야 하는 이유가 여기에 있다. 허나 그들을 찾아내려면 무엇보다 당시 진실의 기록물들이 세상 밖으로 꺼내져야 하고, 거기에 있던 사람, 혹은 목격했던 누군가의 양심선언과 기억의 소환이 있어야 한다. 만약 당시 그 현장을 봤다면 그들이 어디로 갔는지 용기를 내서 말해야

한다. 무덤까지 갖고 가지 않으려면 고백이 있어줘야 한다. 발굴 작업은 보고서와 증언에 의존해 지점을 파야 하는 떨림을 안고 있다.

"자연이 아름답다고? 정상적인 아름다움이란 내겐 단 한 번도 없었어요. 어린 시절부터 아름다움이 뭔지도 몰랐어. 아버지의 행방불명은 내 마음의 눈마저 바꿔놓았어요." 공항 유해의 유전자감식 결과 아버지의 시신을 찾았던 한 아들이 그랬다. 행방불명자를 둔 유족들의 트라우마는 상상할 수 없다. 평생 삶의 기슭을 떠나닌다. 이 땅의 뒤틀린 과거사 속 암매장된 시신의 부재는 종결되지 않은 사건임을 의미한다.

이제 보수 정권에서 손놓다가 또다시 유해 발굴을 시도해야 할 제주4·3 역시 지점을 찾는 일이 어디 쉬운가. 광주5·18과 4·3은 꿈결에도 부모의 시신을 찾는 늙은 자식의 심정으로 찾고 있다. 유해 발굴은 역사적 진실을 드러내는 일이고, 절대 존중받아야 할 죽은 자의 존엄이며 인권이다. 그날 돌아와야 할 사람들이 돌아오지 못했다. 누구의 명령이었던가. 그렇다면, 그들은 어디로 갔을까.

70년 기억 너머 4·3, 다시 봄

농부였다. 가족들을 남겨두고 돈 벌러 일본으로 떠났던 그 아버지는 해방 후 돌아왔다. 귀향 후 불과 몇 개월. 가족과의 다정한 삶을 꿈꾸던 가장의 꿈은 관덕정광장의 미친 기관 발사로 한순간에 날아갔다.

아버지 송덕윤(이명 송덕수, 당시 47세). 1947년 3월 1일. 같은 기념식에 갔던 열두 살 초등학생 아들은 총소리에 달려갔다. 도립병원에 실려간 아버지의 살려달라 애원하던 마지막 순간을 잊을 수 없다.

3남 1녀를 남겨두고 떠난 아버지 대신 생존을 껴안은

어머니의 고통은 말이 필요 없다. "산 사람은 살아야 하니까, 풀죽이라도 쒀야 하니까." 처음으로 아버지 이름을 꺼내는 80대 아들(송영호)은 어머니의 그날 이후가 겹쳐지자 목이 멘다. 어렸지만 잊으려야 잊을 수가 없다고. 억울한 죽음들을 위한 표지석 하나 따로 세워 기억해야 할 것 아니냐고 할 때는 단호했다. 2017년 3월 31일 제주4·3연구소가 마련한 16번째 증언본풀이에서였다. 그렇게 4·3의 도화선이 된 3·1의 기억들을 70년 만에 불러낸 자리였다. 4·3의 구술사는 계속된다.

그해 그날 같은 시각, 3·1기념식에 갔다가 경찰의 발포로 희생된 다른 사람. 이 댁의 아버지 오영수(이명 오문수, 당시 34세)도 해방 후 일본에서 돌아왔다. 가족과 함께였다. 한데 아버지만 다시 볼일 보러 일본 갔다 돌아온 바로 다음날이었다.

하루 새 아버지가 싸늘한 시신으로 돌아온 것은 반장 할아버지 권유로 따라간 후였다. 그날 이후 어머니는 멍하니 바다를 바라보시거나 문만 바라보셨다. 당시 열 살 소녀였던 딸의 눈에 비친 어머니였다. 서울에서 온, 여든 살이 된 그 딸(오추자)은 관덕정 마당에서 간신히 아버지를 불러내었다. 처음엔 낭랑했으나 끝내 터지는 눈물을 막진 못했다. 4월 1일 찾아가는 4·3 현장 위령제 해원상생굿 증언 자리였다. 기록되지 못한 역사는 살아남은 자의 구술로 이렇게 기억되고, 기록되고, 역사가 된다. 살아남은 이들의 트라우마는 이어진다.

그토록 설레야 할 해방된 조국의 시작점이었던 3·1기념식. 관람 관중을 향한 3·1의 죽음은 4·3 시작이란 각별한 의미를 갖는다. 열다섯 살 소년의 죽음부터 아이 업은 여인까지. 그 이름들, 김태진, 박재옥, 송덕윤, 양무봉, 오영수, 허두용. 관덕정 마당엔 이들 6인의 신위가 70년 만에 올려졌다. 광장은 슬프지만 날은 찬란해서 사람들이 많이 모였다. 부디 이제는 잘 떠나시길 빌고 또 비는 심방(무당)의 사설은 처연했다. 심방은 노란 슬픔, 세월호 아이들까지 품어 꽃길을 해원했다.

또다시 맞는다. 4·3 국가추념일. 예순아홉 해의 아침. 생물학적으론 60대의 끝자락. 국가 폭력에 희생된 사람들은 눈물도 내지 못했다. 아프다 못했다. 가슴이 미어져도. "두루 설뤄사 눈물 난다(덜 서러워야 눈물 난다)"고, 그렇게 죽었고, 그렇게 고령이다.

4·3은 여기까지 왔으나, 정의로운 해결을 위해 풀어야 할 과제들이 앞에 있다. 아직도 백비(白碑)에 새겨넣어야

할 4·3의 이름, '정명'의 문제, 진실규명 등. 이젠 국가가 답해야 할 때다. 대선 정국의 정치권이 답해야 할 때다. 마침 제주4·3연구소 증언본풀이에 참석한 정세균 국회의장도 "과거사 청산 없이 미래가 없다"며 4·3 해결에 적극 나서기로 약속했다.

2017년 4월, 서울에선 4·3범국민위원회가 출범식을 개최했다. 4·3의 대중화를 위한 첫 발걸음이었다.

그러니 이 아침, 가혹하게 어여쁘다. 노랑 분홍 봄꽃들. 저들도 저절로 피어나지 않았다. 4·3도 저절로 피어나지 않았다. 늙은 유족들이 젊은 자손들과 함께 4·3평화공원 제단 아래 들었다. 꽃술 한 잔씩 바친다. 부디, 이젠 화사한 봄, 봄이시라고!

우리들의 '순이 삼촌'

그런 것이다. 4·3은. 당시 열세 살. 남부럽지 않던 막내 딸. 느닷없이 몰아친 4·3 바람이 그렇게 덮치리라곤 꿈에도 생각 못했다. 그해 겨울, 화북국민학교를 불태우던 날, 총상에 쓰러지던 사람들. 아버지 언니 오빠 올케 조카 둘이 떠났다. 구사일생, 살아난 소녀는 7발의 총상을 입고 후유증에 시달리며 살다 가신 어머니의 모습을 평생 지울 수 없다.

잊어선 안 된다. 그때의 일을 차곡차곡 다 일기장에 새겼다. 허나 시집오기 3~4일 전, 독한 마음 먹었다. 이제 일

기장을 불태워버리면 4·3은 간 곳 온 곳 다 없어진다. 마음에서도 없어지는 것이라 생각했다. 4·3은 다시 그녀를 따라오지 않을 거라 믿었다. "그런데도 80이 돼도 4·3은 나 뒤에 따라오는 기분이라 마씀." 운동장에서 군인들이 집합 · 출발시켰던 끔찍한 그날을 잊지 못한다. 호루라기, 차 소리만 나면 발발발 떨리며 구토증이 나고, 죄인 아닌 죄인이 돼 숨고만 싶었단다. 그 여인, 김인근의 트라우마는 지금도 이어진다.

그런 것이다. 4·3은. 잊을만하면 나타나는 것. 오래도록 살아남아 산 자를 아프게 한다. 4·3의 광풍으로 열다섯 소년가장이 된 김명원. 의귀국민학교 집단학살 현장에서 희생된 어머니와 어딘가서 죽어간 아버지. 소년의 품에서 숨을 거둔 갓난 동생. 수양딸로 보내진 여동생도 있다. 못 배운 게 한이고 동생들 잘 거두지 못한 게 한스럽다는 그 소년, 이제 손자에게 4·3을 전하는 할아버지가 됐다. "평생 난 죄인이 된 거라 마씀. 내가 사람을 죽인 것보다 더 무서운 죄책감이 오죠. 지금도 그때 악몽을 꾸다 잠에서 깨면 그때 그 생각뿐. 사난 살앗주. 보상이 문제가 아니우다. 내 몸이, 내 마음이 괴로운데……."

그녀를 생각한다. 북촌대학살에 남편과 두 아이를 잃

고, 그 학살터에서 떼죽음을 목격하고 홀로 살아남은 여인. 남편이 없다고 만삭에 가해지던 모진 고문, 끝내 뱃속 아이마저 잃고 사는 생이 어디 온전했겠는가. 이후 환청과 강박증, 신경쇠약, 결벽증에 시달리다 스스로 생을 놓아버린 이 여인 '순이 삼촌.' 우리 4·3 문학의 시발점이자 상징이 된 현기영의 소설《순이 삼촌》은 그렇게 4·3을 감금한, 30년 역사의 봉인을 연 이름이다.

우리 앞에는 이러한 정신적인 외상, 트라우마가 무엇인지도 모르고 고통스러운 삶을 살다간 우리의 '순이 삼촌'들이 계시다. 또다른 '순이 삼촌'들을 만난다. 그들은 서러운 것 토하고 나서 그런다. "이제사 속이 조금은 시원허우다."

아무것도 모르던 팔롱팔롱하던 사람들에 가해지던 참혹한 그해 겨울의 죽음들, 남편 없는 여인들에 가해진 고문들, 수형인으로 끌려간 삼촌들, 어떻게 말로 다 표현하겠는가. 산 자들의 트라우마는 악몽이나 가위눌림, 죄책감 같은 여러 양태로 드러난다.

그 가혹한 세월 동안 가슴을 누른 용암덩이를 달고 사는 사람들. 트라우마는 어떻게 치유해야 하나. 그들의 경험을 들을 때마다 함께 저리다. 트라우마는 직접 목격한

2세, 그리고 3세에게도 전이된다. 아니다. 해가 뜨고 지는 것처럼 4·3을 사는 제주섬 전체가 트라우마를 겪는 건 아닐까.

트라우마 치유센터는 늦어도 많이 늦었다. 4·3의 폭풍을 견뎌내며 살아내야 했던 직접 체험자들은 이미 세상을 뜬 이들이 많다. 끝까지 그러한 고통을, 자신의 명예를 회복하지 못했다. 조금의 위로도 받지 못했다. 그럼에도 어린 시절 겪은 사람들, 사지에서 살아남아 지금도 후유장애로 고통받고 있는 이들, 힘겨운 기억 투쟁을 벌이고 있는 이들을 위한 트라우마 치유센터는 어떤 형태로든 있어야 한다. 다만 그것은 현실적 고통이 무엇이고, 어떤 도움이 가장 필요한 일일지 그 당사자의 입장으로 돌아가 만들어져야 한다. 아주 세밀한 논의가 필요한 일이다.

그런 것이다. 4·3은. 이제 현대사 속에서 하나의 기호로 인식되지만, 우리에게 평화와 인권, 희망을 읽게 하는 기호가 돼야 한다.

4·3,

이 찬란한 비애

마침내 화락 꽃 4월. 우우우 앞서거니 뒤서거니 일어서더니 이 구석 저 구석 연노랑, 연분홍 꽃멍울이 터지더니 끝내 꽃바람이다. 지금쯤 그러하리. 4·3으로 잃어버린 그 마을 올레길에도 기어이 이것들은 꽃사태겠다. 제주의 4월은 봉분 없는 넋들마저 돌아오는 계절이다. 장례 없던 사람들을 불러오는 애도의 계절이다. 마침내 견딜 만큼 견뎌내고 절명하는 이 계절의 붉은 동백들은 슬픔의 격을 높인다. 4·3평화공원 가는 길은 흐드러진 봄으로 찬란하지만, 그 겨울의 기억을 품고 사는 사람들의 가슴은 멈출 길

없는 비애다.

허나, 오늘 4·3은 어제의 그 애도가 아니다. 1989년 제주도 내 이른바 재야단체들이 그날을 기억하며 첫 위령제의 물꼬를 튼 지 30여 년. 국가가 4·3 희생자 국가추념일로 응답했다. 오늘의 추념을 생각한다. 이제는 국가가 무고한 희생에 대해 국가의 잘못을 인정하고, 잊지 않겠다는 것으로 보면 될까. 전 인생을 이념의 굴레에 갇혔던 당신들을 해방하고, 온 국민이 그대들의 상처를 함께 달래고, 4·3을 비로소 교육현장에서 당당하게 가르치며, 다시는 그러한 야만의 세월 같은 건 없게 하리란 국가의 의지로 해석하면 될까.

지금 고향에 다니러 온 이의 한마디가 가슴을 친다. 그해 겨울, 4·3 광풍 속에서 한꺼번에 사라져간 사람들의 마을, 북촌리를 고향으로 둔 팔순의 재일동포. 그가 그랬다. 저 꽃들이 저렇게 곱게 피어나건만 하나도 자신의 마음은 설렁대지 못하다고. 행복할 수 없다고. 10대에 살기 위해 현해탄을 건넌 자가 반백 년 지나 돌아왔으나 함께 반겨줄 이 그 누가 있었냐고. 아는 친구들 모두 세상 떠났다. 그랬다. 다만 수풀 우거진 곳을 지날 때면 바스락거리듯 아우성치는 것들이 꼭 "왜 너만 살았냐, 너만 살았냐" 하는 소리로 들려 죄스럽다 했다. 트라우마는 질기다.

이제 그 슬픔에서 벗어나기를 바랐다. 그는 4·3이 비로소 국가추념일이 된 것을 이제야 알았다고 했다. 그럼에도 온 생을 지배한 4·3의 고통은 그렇게 고향 떠난 자의 가슴을 다시 한번 후비고 있었다.

그렇게 길고 긴 어둠의 시대를 돌아 나왔다. 우여곡절, 산 첩첩 물 뱅뱅 돌고 돌아 기어이 그 첫 번째로 국가가 영령들의 넋을 달래는 날이니 기막히지 않겠는가. 그날 이후, 슬픔의 강을 건너지 못하던 자들에게 4·3은 무엇이던가. 그렇듯 무수한 죽음의 구덩이 속에서도 살아남은 자들이 있었고, 온갖 멍에를 짊어지고 살아내야 했던 그들에게 4·3, 오늘은 무엇이던가.

"난 폭도였수다." 이 산 저 산 튼당보민(달아나다보면) 어느새 '폭도'가 돼 있었다는 할머니는 생을 떠났고, 남편 얼굴 사진 한 장 남겨놓았어도 혹시나 사상에 걸릴까 봐 다 불에 태웠다는 팔순 여인이 어디 한둘이랴. 오랜 이념의 족쇄에 칭칭 묶여 있던 수많은 죽은 자들과 산 자들의 온전한 명예회복은 이뤄진 것일까.

오래 기다렸다. 무덕지게 피어난 꽃그늘 아래서 봄날을 느끼지 못하는 이들은. 또 기다린다. 2007년에 후유장애불인정받은 29명의 노년들, 이들 중 이미 세상을 떠난 10명을 제외한 19명이 같은 해 재심의 신청을 했으나 받아들여지지 않았다. 이어 제기한 행정소송 또한 결과는 같았다. 항소심까지 진행했지만 기다림에 지친 나머지 상고를 하지 못했다. 이들에게 진정한 봄날은 올 수 있을까.

얼마 남지 않은 생을 보내고 있는 후유장애자들에 대한 확실한 지원은 우선순이어야 한다. 몸과 마음으로 상처입은 후유장애자들에게 정부 차원의 치유의 길이 열려야 한다.

그럼에도, 오랜 진상규명 싸움을 벌여온 제주사람들에게 오늘은 역사적인 날이다. 온 섬에 눈물바람 흩뿌리는 날이다. 보리밭에 숨어서 울다 세상 뜬 여인, 4·3을 당해본 이들이여, 자유롭게 당해보지 않은 자들에게 쏟아내도 될 기억의 4·3, 오늘이다. 해서 기원한다. 오늘만큼은 그날의 어둠에서 빛의 꽃그늘로 걸어 나오시길.

지금,

홀로 우는 자를
잊지 말아야 한다

4월에서 5월 사이 피던 향기로운 꽃송이는 다 어디로 갔나. 작별도 없이. 그들은 다 어디로 갔나. 모두가 잠든 밤, 바다를 향해 홀로 우는 이의 등이 서럽다. 아무런 실체 없는 말들이 위로가 되지 않는 밤, 운동화 한 짝 올려놓고 "돌아와다오" 절규하는 여인의 눈물은 결코 마르지 않는다. 침몰의 순간을, 차가운 바다로 수장되는 어린 비명을 찢기는 생중계로 봤던 나라의 국민들이다. 어떤 다큐도 이보다 침담할 순 없다. 온 국민이 슬픈 상주가 된 애도의 나날들.

그 저녁, 제주시청 어울림마당에서는 슬픔을 함께하겠다며 촛불 들고 모여든 사람들로 가득찼다. 팔랑이는 촛불들은 "그래, 우린 절대 잊지 않을 거야" 하는 응답 같았다. 이렇듯 국가의 총체적인 부실과 이후의 대책을 지켜보면서. "아이야, 돌아와다오" 절규하는 어미의 외침도 들렸다. 분노하는 시인의 문장도 들렸다. 그 저녁, 열한 살 소녀는 하얀 천에 꾹꾹 눌러쓰고 있었다. "가만히 있지 말자." '이것이 국가인가'를 외치는 촛불 행렬 속에서 그 아픔의 강도를 말하지 못하는 사람들이다.

한 여인은 바다만 봐도, 생선 눈만 봐도 차마 어린 눈동자들이 떠올라 한동안 식탁에 올릴 수 없다고 했다. 모두들 죄인처럼 집단 트라우마에 걸린 채 5월의 바다를 건너고 있다.

그러기에 이 섬, 제주사람들은 더 미안해진다. 너무나 아름다워서 한번쯤 오고 싶던 곳, 제주도로 오는 뱃길 아니더냐. 4·3 유족이라는 70대의 한 할아버지는 팽목항에 달려가 함께 유족들과 울어주지 못해 너무나 미안하다고 했다. 가라앉는 세월호를 망연히 지켜보면서 다시 그날의 트라우마가 살아나 하염없이 울었다 했다.

4·3 시기 초등학교 5학년. 죄 없이 희생된 친구들이 떠

올랐고, 총소리에 놀라 도망치던 그때의 악몽이 떠올라 눈물만 난다 했다. 저 바다에서 허우적이던 꽃목숨들, 그 아이들과의 작별의 순간은 바로 자기 안의 아이로 겹쳐졌단다. 견딜 수 없었으리. 살아남은 자의 아픔이 도진 것이리. 소리 내 통곡조차 할 수 없었던 그때, 국민을 보호해야 할 국가는 어디에도 없었다. 아이가 자라서 명백히 국가의 공권력에 의한 야만이었음을 알기까지 오랜 트라우마는 생을 지배하고 있다. 그런 거다. 또 하나의 야만을 지켜보는 노인의 속마음은. 그렇게 66년, 긴 세월의 트라우마에 시달려온, 그 시대를 건너온 자의 눈물은 질퍽했다.

그래도 세월이란다. 아니다. 기억해야 한다. 세월이 지나도 잊지 말아야 하는 것들이 있다. 바다에 아이의 넋을 띄운 부모가 홀로 바다에 나와 우는 저 슬픈 등바닥을. 가장 무서운 것은 과오를 잊는다는 것이다. 그것들을 잊기에 반복되는 역사다. 무너져선 안 되는 정의가 무너지기 때문이다. 가슴에 아이를 묻은 팽목항의 한 젊은 엄마의 비통한 경고가 잊히지 않는다. "잊지 말아야 합니다. 오늘은 우리 아이들이 죽었지만 내일은, 모레는 당신의 아이들이 그렇게 될지 모를 일이기 때문입니다." 뼛속까지 잊지 말라 했다. 그러기에 단 한 사람도 바다에 수장된 넋이 있어선 안 된다.

어떤 가진 자들에겐 돈이면 되는 세상이다. 한번 그 맛을 본 어떤 자들에겐 권력이면 다 될 것 같은 세상이다. 그러다 곪는다. 뿌리까지 곪으면 결국 터질 일밖에 더 남겠는가. 그 증거를 우리는 지금 본다. 썩을 만큼 썩었고, 뿌리까지 흔들렸다. 다 뽑고, 다 터트려라. 그래야 새살이 돋는다.

그리고 이제 우리는 우리 안에 질문을 한번 던져야 할 때가 아닌가. 과연 내 안의 세월호는 없는가, 물어야 할 때다. 그것을 찾았다면 이러한 최악은 없었으리.

제주4·3과

블랙리스트

왜 그들이 떠오르는가, '블랙리스트'라는 이름 앞에서. 왜 한 번도 본 적 없는 우리의 삼촌들이, 왜 얼마 전 만났던 아흔둘 고내리 할머니가 떠오르는가. 4·3 시기, 명부에 든 그 이름자 하나 때문에 잡혀가 돌아오지 않았다는 스물여덟 청춘의 교사 남편. "살당보면 잊는다고? 70년이 넘어도 어떵 잊어" 되뇌던 잿빛 눈망울의 그녀가, 이제는 저 세상 간 봉개동 아흔셋 할머니는 왜 떠오르는가. 순식간에 끌려가던 뒷모습이 마지막이었다고 울먹이던, 이름하여 예비검속. 줄줄이 있다.

얼마나 많은 이 땅의 사람들이 블랙리스트라는 누명을 쓴 채 죽어갔을까. 그로 인해 남편이 죽고 살아남은 어머니는 아이한테 함부로 아버지의 이름을 부르지 말고 함구하라 했다. 사람들이 사유를 물으면 병사였다고 하라. 오래도록 나는 왜 지금, 그들이 떠오르는가. 헌정 사상 초유의 문화예술계 블랙리스트라는 이름 앞에서 하필…….

4·3 시기, 명부 하나 들고 온 공권력의 호명은 곧 이승과 저승이었다고 살아남은 사람들은 말한다. 동명이인으로 호명되는 바람에 대신 감옥살이했던 '잘못 만난 시국'의 사람들, 야만의 시대, 4·3 연좌제를 당했던 이들도 바로 지난 시대의 블랙리스트다. 혹시나 낙인찍힌 채 살아갈까 영혼마저 정체 모를 원형의 어둠에 떨던 이들이다. 4·3에 연루돼 일본으로 떠난 사람들 가운데 가명으로 살고 있다고 절규하던 이의 얼굴이 떠오른다. 연좌제의 트라우마에서 벗어나지 못하는 제주사람들이었다.

근데, 아니지 않은가. 지금이 어떤 세상인가. 전쟁의 시대를 지나 반전·저항의 상징 가수 밥 딜런에게, 인권을 기록한 스베틀라나 알렉시예비치에게 노벨상을 헌정하는 이 시대에 문화예술인 블랙리스트라니. 문화 융성을 부르짖는 문체부가 그 리스트 작성에 앞장섰다니. 유신 독재의 시절을 떠올리게 하는 천박한 유산, 이것은 풍문이 아니었다.

“현 정부가 대한민국 역사를 30년 전으로 돌려놨다”고 비판한 사람은 유진룡 전 문화체육관광부장관이었다. 특검은 실재한 블랙리스트 자체가 문화예술인들이 가장 우위에 둬야 할 표현의 자유를 훼손한 중대한 범죄행위임을 확인시켜주었다. 영화의 한 장면처럼 줄줄이 관련 권력자들이 구속됐다.

문체부가 나서서 대국민 사과를 했다. 이 또한 초유의 일. 분노한 법학자 이재승 교수는 집단적으로 손해배상소송을 제기할 것을 냉철하게 제안했고, 이렇게 썼다. “한국에서 리스트는 취업을 방해하거나 정치인의 일상을 감시하는 역할에 그치지 않았다. 6·25전쟁 중에 국민보도연맹원 학살이나 예비검속에 따른 민간인 학살도 명부가 그 출발점이었을 것이다. 그러나 그에 관한 총괄적인 명부는 아직까지도 발견되지 않았다.” 물론 블랙리스트에 오른 예술인들은 손배 집단소송을 준비하고 있다.

그리고, 맞았다. 촛불의 힘은 또다른 힘을 낳고 또 낳고 있다. 그 힘은 그래도 진보의 길에 들어섰음을 일깨워준다. 또한 어차피 그리했으니 새 대통령은 정말 마음의 눈을 크게 뜨고 선택해야 할 것임을 말하고 있다. 내가 나 자신으로 살아갈 자유를 갖기 위해서라도 거리의 촛불은 깨끗하게, 끝까지 타오를 것이다.

나날은 행복해야 한다. 역사의 블랙리스트로 사라진 이 땅의 삼촌들과 그들의 후손인 모두의 가슴에도. 그리고 정의는 늘 가슴 깊이 불꽃을 태우는 자들에게서 왔음을 잊지 말자. 행복도 그렇다. 얼음을 깨고 기어코 샛노란 복수초가 눈을 뜨듯.

4·3 행방불명자를 위한 위로

"우리도 봅니다. 그때 우리가 볼 수 없었던 봄 햇살 짱짱한 오늘을 보고 있는 당신들을 봅니다. 우리는 우리도 어디에 있는지 모릅니다. 비록 거기에 없으나 여럿이 오도(誤導)의 무덤을 파헤치고 있는 당신들을 봅니다. 다만 우린 우리의 잃어버린 명예를 되찾고 싶을 뿐입니다. 이름자에 그어진 빨간 줄을 보는 가족들이 그토록 애타게 찾는 그 이유처럼. 이제는 당신의 위로를 받겠습니다. 끝내는 '4·3의 진실이 부정할 수 없는 역사적 신실'이라고 했으니. 문재인 대통령의 그 신념에 찬 목소리를 우리도 그 시간 함께 들었으니. 우리의 신원을 풀어준다는 약속을 우리 앞에서 했으니. 부디 그리되기를 바랍니다. 그리고, 전합니다. 우리의 슬픔을 잊지 마시게. 부디 우리를 잊지 마시게. 그 광기의 시절을 기억한다는 건, 바로 인간이 인간다워야 할, 인간답게 살아야 할 조건이 무엇인지를 묻는 이유이기도 하거니. 절대 잊지 마시게."

그렇게 듣고, 그렇게 건넸으리. 4·3평화공원의 행방불명인 묘역은 실체 없는 거대한 묘소다. 어디로 갔는지, 어디서 죽었는지 모를 그들이 묻혀있다. 헛묘다. 그 묘역의 조각상은 서늘한 리얼리티다. 차갑게 서 있는 그들 곁으로 다가가면 끌려가며 뒤돌아보는 애처로운 눈동자들이 꼭 그렇게 말하는 것 같다. 제주4·3 70주년 추념식. 문재인 대통령의 그 첫걸음은 행방불명된 자들과의 만남. 이 3천 884기의 묘역. 도열해 있는 '돌아오지 않는 자'들의 이름 앞이었다. 대통령의 4·3 추념은 불법 군사재판으로 수형인의 몸이었다가, 온 가족이 산과 들 이리저리 살려고 도망 다니다 행방불명된 이들의 명예회복을 기다리는 유족들의 사무친 바람과 그 오래된 고통을 함께 나누는 것으로 시작됐다. 행방불명자들과 유족들에 대한 위로였다.

“대통령이 참석한 것만으로도 가슴이 풀렸는데 사과까지 하니 너무나 감동받고, 감사할뿐이지요.” 사진 한장 남아 있지 않은 아버지가 그립다는 일흔 넘긴 딸 강춘희. 생전에 할머니는 손녀인 자신에게 학교에선 육지형무소에서 행불된 아버지를 반드시 병으로 돌아가셨다고 말하게 했다 한다.

4·3으로 행방불명 부모를 두고 고아가 됐다는 일흔여섯 된 어느 아들도 한없이 울었다. “어머니는 어린 나를 먼 친족집에 맡겨두고 붙잡혀간 거야. 어머니란 말을 해본 기억이 없어. 아버지의 기억도 딱 한 장면뿐이야.” 여섯 살 손주를 보면 내가 저 때 혼자됐는데, 생각이 나서 눈물이 난다고 했다. 그는 이제는 오래 살아 4·3이 어떻게 되는 건지 목도하고 싶다고 했다. 이젠 행복해지고 싶다고 했다.

눈물도 죄였던 시절, 죄 없이 인천소년형무소에 간 사이 어머니는 북촌대학살로 세상을 떠났고, 아버지는 행방불명됐다는 여든여섯의 어느 아들 가슴은 전부 타들었다. 대통령의 ‘약속’에 기쁘지만, 오래 기다린 말이지만, 왜 그런지 밥알을 넘길 수 없어 했다. 너무 많은 기다림이 할말까지 먹어버린 것일까. 뱃고동 소리만 나면 바다로 달려

나가 기다리던 어머니의 마음을 이해한다는 이중흥 행불인유족회장도 눈물을 닦았다.

“죽은 사람 길을 묻히지 않고 이런 기념일 해줘서 눈물이 다 납니다.” 내 옆자리에 앉은 스물둘에 홀로된 아흔넷 강태여 할머니. 스물셋 남편이 죄 없이 대구형무소에 갔는데 한국전쟁 이후 가보니 남편은 없었다. 죽었다는 말을 안 해줘서 방방곡곡 형무소 남편 찾아다니지 않은 곳이 없었다. 어린 아들 하나 데리고 평생 홀로 살아왔다는 그는 죽은 이가 불쌍하다 했다.

일흔 살이라는 한 여인은 유복자여서 아버지 호적에 이름도 못 올렸다 운다. 어머니도 자신도 완전히 뒤틀린 호적이다. 그 호적만이라도 바로잡아줬으면 했다.

대통령은 4·3을 이제 그만해도 된다고 할 때까지 하겠다고 했다. “4·3의 진실을 기억하고 드러내는 일이 민주주의와 평화, 인권의 길을 열어가는 과정”이라고 했다. 4·3이 역사의 출발점이 돼야 한다고 했다. 문재인 대통령의 사과는 2006년 노무현 대통령 이후 국가 폭력에 대한 다시 한 번의 사과였다. 12년이 흐른 셈이다. 4·3의 깊은 슬픔과 기억에 큰 힘을 실어준 그 약속들이었다. 대통령은 이제 그것들은 정부와 국회의 책임이라고도 했다. 4·3특별법 개정안 통과가 그 첫 과제가 됐다. 참 공교롭다. 분단을 원치 않는 통일 열망의 표출이었던 제주4·3, 그 70년 추념의 날에 음악으로 하나를 이룬 평양 남북합동공연이 열렸다. 4·3의 봄날, 남북의 봄날이 그렇게 피어나듯, 올까.

두 얼굴의 곶자왈

우기의 숲은 여전히 싱그럽다. 용암이 흐르다 굳은 크고 작은 돌들과 나무가 뒤엉킨 숲, 화산섬이 남긴 '생태계의 허파' 곶자왈. 뿌리가 돌을 움켜쥐고, 거대한 바위가 늙은 붓순나무 뿌리를 움켜잡고 살아간다. 이 공존의 모습이라니.

2018년 6월, 제주포럼의 '국가 폭력과 기억'을 주제로 참석한 4·3 세션 참가자들과 선흘곶자왈을 찾았다. 외신기자, 인권운동가, 연구자 들은 처음 보는 곶자왈에 매료됐다. 그 옛날 마을 사람들에겐 생명의 숲이었던 곳. 그곳

나무들을 베어다 집을 지었고, 열매를 땄고, 숯을 구워 팔기도 했던 곳. 이 곶자왈에는 크고 작은 자연 동굴이 많다. 지금은 누구나 치유의 공간으로 찾지만 근현대사 속 곶자왈은 아픈 역사다.

4·3 시기 마을민들에게 굴은 은신처였다. 그러다 들키면 몰살당했던, 그런 참혹한 공간이기도 했다. 1948년 11월 21일 선흘리 일대가 토벌대에 불바다가 된 뒤 마을 사람들은 그곳 곶자왈과 동굴에 숨어들었다. 하지만 나흘 만에 '도틀굴'이 발각됐고, 토벌대가 굴 밖에 피워놓은 연기로 인해 굴 밖으로 나온 많은 주민이 총살당한다. 외국인들의 입이 벌어졌다. 영화 〈지슬〉의 무대인 '큰 넓궤'에서는 40일간 살기도 했다는 말을 듣고서였다.

어렵게 곶자왈에서 나오던 인도네시아 누사야바니 카차 사카 카나에게 소감을 물었다. 자카르타 변호사 출신으로 열악한 인도네시아 여성의 권리를 위해 수십 년간 싸우고 있는 그가 그랬다. "1965년 인도네시아대학살과 4·3이 너무 흡사합니다. 대량학살에 대해 인도네시아 대통령에게 재차 사과할 것을 요구했지만 그는 행하지 않았어요. 2003년 노무현 대통령이 4·3의 제주도민들에게 사과한 것과 대조적이지요."

인도네시아대학살은 2000년에야 처음 이야기되기 시작했다. 당시 '피해자연구소'를 만들어 활동을 시작했는데, 그 또한 제대로 이뤄지지 않았다. "4·3연구소에서 자발적으로 4·3 자료를 모으는 작업을 한다는 사실을 알고 감명 받았습니다. 무엇보다 현재 모은 기록이 우리가 어떤 운동을 해야 할지 큰 가르침을 줍니다. 2년 전 인도네시아대학살 관련 북토크를 하려 했을 때 압력으로 무산됐는데, 금기의 벽을 뚫고 현기영의 《순이 삼촌》이 나온 것은 다행입니다."

그의 진지한 부탁 하나다. "국가가 진실규명 화해의 길로 나아가는 것이 옳은 길인데 잘 받아들여지진 않아요. 제주포럼에 언젠가 현 인도네시아 대통령이나 전 대통령을 초대한다면 4·3 유적지를 답사하도록 해서 4·3 해결을 어떻게 하고 있는지 보여주셨으면 합니다."

인도네시아대학살을 30년간 연구해온 네덜란드 암스테르담대학교 명예교수 사스키아 비링아. 그는 "인도네시아가 마침내 침묵을 깨고 그것들을 어떻게 재생해나갈 것인가, 앞으로 무엇을 준비하고 무엇을 해야 할 것인가 고민할 때 4·3은 좋은 사례가 될 것"이라고 말하며 "무엇보다 4·3 답사로 얻은 중요한 것은 침묵은 깨어져야 한다는 것"이라고 강조했다.

"애기무덤 앞에 놓인 아이들의 장난감 같은 것들이 가슴을 아프게 합니다." 4·3을 미국에 더 많이 알려야겠다는 생각이 든다고 한 이는 북미 정상회담이 열릴 때 싱가포르에서 취재하던 미국의 탐사보도 전문기자 팀 셔록.

오로지 살기 위해 사람들이 숲의 가슴팍으로 숨어들었으나, 인간의 눈이 더 안전하지 않던 시절이 있었다. 우리는 본다. 분쟁지역 생존을 위한 난민의 모습에서. 전쟁은 현실이며, 현재진행형이란 것. 그들의 모습은 전쟁은 어떻다는 것을 보여주는 한 징표가 아닌가. 고요한 곶자왈은 아름답고 신비롭지만 전쟁의 참담함도 내포하고 있었다. 한편 누군가에게는 침묵을 깨야 한다는 소리도 내고 있었다. 타인의 고통도 포용하기를. 바란다. 곶자왈에서 그들이 느꼈을 위로가 오래가기를.

애도의 길을 따라서

얼마 전, 고교를 졸업한 친구 아들이 홀로 산티아고로 떠난다고 했을 때 그 여정이 궁금했다. 수능에 시달리며 온갖 스트레스에 어두운 얼굴이던 아이가 가슴속에 오래도록 준비해온 꿈이 걷는 것이었다니. 30일간의 여정에서 돌아온 그 아이, 민규와 마주했다. 부끄럼 많고 웃음기 없던 민규는 자주 웃고, 한결 부드러워진 얼굴이었다. 길을 나서던 풋풋한 청춘의 가슴은 또 얼마나 설레었을까. 걸으며 어떤 생각을 했을까.

"그런데 정말 아무 생각이 없었어요. 그냥 걷기만 했죠.

한국 사람들은 너무 생각이 많고, 걱정도 많고, 욕심도 많은 것 같아요. 블로그, 사이트, 카카오톡 다 정보 알아보고 여기가 좋다 하면 무리해서라도 거기까지 걷고 그러는 거예요."

민규의 눈에 비친 산티아고 풍경은 이랬다. "아침부터 저녁까지 밀밭길이라 처음엔 예쁘다가 며칠 가니깐 나중엔 질려요. 제주 올레길은 계속 풍광이 바뀌잖아요." 그렇지만 스페인 땅끝 피스테라에서 본 바다가 고향 제주 바다와 닮아 놀랐다고 했다.

그가 오래 머문 길은 '용서의 언덕'이라는 곳이었다. 순례객들이 발길을 멈추는 기다란 추모비 앞이었다. 왜 용서일까. 스페인내전에서 숨진 희생자 추모비를 보니 4·3이 생각나서 마음이 더 아팠다고 했다. 그는 이제 올레길을 걷고 싶어 한다. "우린 4·3을 잘 배우지 못했어요. 근데 70년이 됐잖아요."

2018년, 4·3 70주년을 맞은 제주의 올레길은 애도의 길이다. 절경의 올레 코스마다 4·3 흔적이 없는 곳 없다. 겨울에서 봄까지 생명력을 자랑하는 동백꽃길, 화들짝 봄을 편 벚꽃길, 샛노란 유채꽃길, 4·3평화공원의 꽃등처럼 켜진 백목련길을 걷는다. 꽃길을 걷지만 마음은 꽃길이 아닌 시대를 살았던 이들을 생각하며 그 길을 걷는 사람이 많아졌다.

제주를 답사하는 순례팀들도 폭발적으로 늘었다. 4·3 평화공원을 찾는 관람객은 하루 1천 명이 넘는다. 4·3길을 걷는 이들은 제주 곳곳이 학살터이자, 통곡도 없이 묻혀버린 사람들의 길이자, 잃어버린 마을터, 성곽터였다는 사실에 충격받는다. 외국 기자들은 4·3 참극을 지금껏 몰랐다며 그들의 나라에 가서 알리겠다고 했다.

직접 이 길에 뿌리를 내리고 살아온 이들의 감각은 어떤가. 70년 전 정방폭포에서 부모가 학살되는 장면을 보았던 80대 김복순 할머니는 폭포 이름만 들어도 가슴이 덜컹 내려앉는다. 갓난아이였던 자신을 맡겨두고 어머니만 희생된 곳이 성산포 터진목임을 뒤늦게 알았다는 칠순 딸 강숙자에게 이곳은 아픈 공간이다. 아흔의 해녀 오순아. 학생복 입은 채 표선 백사장에서 집단 희생된 남편은 당시 열여덟 살. 그 모래밭에서 모래 범벅 남편의 주검을 찾고 통곡을 삼키던 그해, 그는 열아홉 새색시였다. 이 늙은 해녀에게 이곳은 슬픈 기억의 공간이다.

하여, 제주의 길은 누군가에겐 저미는 길이다. 언젠가 4·3을 모르고 제주를 말하던 한 음악가가 4·3을 알고 난

후 이렇게 말했다.

"그 이전, 내가 수없이 제주를 다니며 다 안다고 당신에게 말했던 그 풍경을 이제 지워달라."

국가 폭력의 희생자들과 유족들에게 4·3 70주년은 그 어느 해보다 각별한 해였다. 아무도 돌아보지 않았던 4·3이기에 1년 내내 행사가 이어졌다. 모두가 '4·3은 대한민국의 역사입니다'를 외쳤고, 서울 광화문의 대한민국역사박물관에서는 '제주4·3, 이제 우리의 역사로'란 주제로 4·3 70주년 특별전을 열었다. 4월 7일 서울 광화문광장에서 열린 문화제는 4·3의 전국화를 향한 큰 외침이었다. 4·3에 대한 지독한 반성과 철저한 진실규명만이 억울하게 학살된 영혼들을 위로할 수 있다. 4·3은 이제 '4·3을 모른다 하지 말라'고 소리친다.

그 달빛 서러움 채워주리

아이는 숨고 싶었다. 부끄러웠다. 추석이 가까워오거나 제삿날이면 슬그머니 자리를 피했다. 아버지 있는 아이들이 부러웠다. 추석에도 따스한 이야기를 해주는 어른이 없었다. 농사짓던 아버지는 제주4·3사건 때 불법 군법회의로 육지 형무소에 끌려가 어디서 죽었는지 모를 행방불명인이었다. 묘 없는 제사를 지내야 했다.

급기야 연좌제가 적용돼 직장에서 잘린 날, 청년 아들은 가슴에 쌓인 울분을 토하고야 말았다. 내가 왜 이래야 하나며 제상을 엎어버렸다. 기어이 어머니 가슴에 대못을

꽂고야 말았다. 차마 어머니한테 직장에서 잘렸다는 말은 하지 못했다. 진실을 말할 수 없던 금기의 시대를 살아낸, 아무 말씀도 못하시던 어머니였다.

그 어머니, 수년 전 교통사고로 세상을 떠났다. "미안합니다 사과 한마디 못했어요." 이 칠순의 아들, 어머니가 그립고 죄스럽다. 그렇게 사과도 받지 못하고 떠나간 어머니였다. 그로 인해 아들의 가슴엔 구멍이 생겼다. 그게 왜 어머니 탓인가. 야만의 시대가 저지른 역사였음을 그땐 왜 몰랐던가. 한순간의 분을 그땐 왜 참지 못했던가. 명절 때는 아버지 이름 쓰인 제주4·3평화공원 행방불명인 표석에 손자 데리고 가서 술 한잔 드리고 온다는 그다. 며칠 전 만난 그는 명절이 돌아오면 어머니가 떠오른다며 또다시 왈칵 눈물을 보였다. 자식에게도 보이고 싶지 않다는 눈물이었다.

이제는 4·3 행방불명인 진실규명에 온 힘을 던지고, 4·3 명예교사가 된 그다. 이제는 부끄럽지만 아이들에게 역사를 잊지 말아야 한다고 말한다. 진실을 모르면 부끄러운 행동을 하게 된다고. 그러면서 그가 그랬다. 어머니한테 정말 하지 말아야 할 행동이었고, 해선 안 되는 말이었음을 그땐 왜 몰랐을까, 반성한다고.

시간이 흘러야 아는 걸까. 우린 하지 말아야 할 말들을 쏟아내며 산다. 그런 경험 없는 이 있을까마는, 서로의 결함을 들여다보며 위안 삼는다.

서로에게 힘이 돼주는 말이 필요한 시대, 최근 젊은 시인 박준이 낸 산문집《운다고 달라지는 일은 아무것도 없겠지만》속 이 한 문장을 곱씹어본다. "역으로 나는 타인에게 별 생각 없이 건넨 말이 내가 그들에게 남긴 유언이 될 수 있다고 믿는다. 그래서 같은 말이라도 조금 따뜻하고 예쁘게 하려 노력하는 편이다."*

지독하게 그리운 얼굴들이 달에 있던가. 달은 마음의 한 조각이기도 하다. 소소한 나의 행동에, 나의 말에 가슴 다친 사람들이 어디 없는지 생각해보라고 달이 환하다.

제주오름의 여왕 다랑쉬오름 위로 며칠 뒤면 만삭의 달이 뜨리. 이 아픈 역사의 오름엔 둥글고 넉넉한 굼부리가 있다. 풍덩 빠져도 좋을 만한, 그만한 달도 온다면 포옥 안아주겠다는 양 넓다.

달빛이 서러운 가슴들을 채워주리라. 그럼에도 어려운 시대, 이렇게 잘 견뎌왔다고 다독여주리라. 달은 인간들

* 박준,《운다고 달라지는 일은 아무것도 없겠지만》, 난다, 2017

에게 내린 하나의 선물, 우주의 등이다. 괜찮다면, 그 고운 달빛 한편 가슴에 담아가시기를 권한다.

그날 이후, 양하를 입에 대지 않았다

보거라. 춘자야. 너는 마을에서 제일 어여쁘단 소릴 듣던 일곱 살. 어떻게 너희 자매 그날 후다닥 우영팟 양하밭으로 숨어든 것이더냐. 마을 사람 아무도 살아남을 수 없던 4·3 초토화의 그날. 너는 하필 숨는다는 것이 양하밭 덤벙 진 그 속으로 뛰어들었지. 쫑긋쫑긋 양하밭 양하 무더기에 너는 숨는다고 숨었겠지. 근데 그 순간 그것이 한 뼘만 더 자라 네 여린 머리카락 조금만 더 덮어줬더라면 너는 들키지 않았겠지. 폭폭폭 덤벙진 텃발 헤집던 제복 입은 자들의 눈에 띄지 않았겠지. 외마디 비명 지를 새도 없었지. 한순간에 너희들 거기서 숨을 다했구나. 죄 없는 게 죄였던 시절이었지. 영문 모른 채 홀로 살아남은 이 어미, 뒤늦게 사지에서 돌아와 널브러진 너희 앞에 실신하고 말았지. 온몸 피범벅 만신창이 사흘 낮 사흘 밤 다 죽었다 소문났었지. 겨우 숨만은 붙어 있던 나는 작은 구덩이에 너를 뉘어놓고 망연자실. 곡기를 넘길 수도 없었구나. 한시도 잊은 적 없다. 춘자야. 양하 꽃대 한사코 올라오는 우영팟. 네 겁 질린 눈동자 어디선가 떠다니는구나. 그날 이후 다신 발을 옮길 수 없었구나. 일곱 매듭 아직도 도리도리 돌리지 못한 이 에린 것아. 그때 하필 한 톨 콩처럼 튕겨나왔으니. 동박새 눈 갈던 네

눈망울 다시는 볼 수 없었다. 양하 보랏빛 피로 덮인 이파리 속에서 네 한 다발 슬픈 머리카락 찾아내었다. 어미는 그날 이후 다신 서녘 집으로 가지 않았다. 사시사철 향기롭던 풀 고랑에선 더이상 향이 나지 않았다. 추석 명절이면 보랏빛 양하 한 접시 올리던 그것. 나는 다시는 양하를 찾지 않았다. 그날 이후 양하는 한사코 입에 대지 않았다. 양하밭 어느새 하얗구나. 너는 가고 다시 오거라. 반짝이는 볼살로 새로 돌아오거라. 춘자야. 부디 잘 있거라.

양하: 생강과의 여러해살이풀. 제주말로 '양에'라고도 부른다. 주로 늦여름부터 초가을 사이에 수확되어 제주에서는 추석 때면 차례상에 오르는 제수용 음식으로도 쓰인다. 어린줄기와 꽃봉오리를 무치거나 데쳐서, 혹은 절여서 먹는다.

2장

살다보니

살아지더군요

무명천 할머니

-월령리 진아영

한 여자가 울담 아래 쪼그려 있네
손바닥 선인장처럼 앉아 있네
희디흰 무명천 턱을 싸맨 채
울음이 소리가 되고 소리가 울음이 되는
그녀, 끅끅 막힌 목젖의 음운 나는 알 수 없네
가슴뼈로 후둑이는 그녀의 울음 난 알 수 없네

무자년 그날, 살려고 후다닥 내달린 발담 안에서
누가 날렸는지 모를
날카로운 한 발에 송두리째 날아가 버린 턱
당해보지 않은 나는 알 수가 없네
그 고통 속에 허구한 밤 뒤채이는
어둠을 본 적 없는 나는 알 수 없네
링거를 맞지 않고는 잠들 수 없는
그녀 몸의 소리를

모든 말은 부호처럼 날아가 비명횡사하고
모든 꿈은 먼바다로 가 꽂히고
어둠이 깊을수록 통증은 깊어지네
홀로 헛것들과 싸우며 새벽을 기다리던
그래본 적 없는 나는
그 깊은 고통을 진정 알 길 없네
그녀 딛는 곳마다 헛딛는 말들을 할 수 있다고
바닷새가 꾸륵대고 있네

지금 대명천지 훌훌 자물쇠 벗기는
베롱한 세상
한 세상 왔다지만
꽁꽁 자물쇠 채운 문전에서
한 여자가 슬픈 눈 비린 저녁놀에 얼굴 묻네
오늘도 희디흰 무명천 받치고
울담 아래 앉아 있네
한 여자가

진아영 할머니(1914~2004)는 제주4·3 시기인 1949년 1월, 토벌대에 의해 총상을 입고 평생 무명천으로 턱을 두른 채 살다가 90세가 되던 해 세상을 떠났다.

빨간 멍에

“그때 스물여섯. 등에 업은 열 달 된 애기 굶어 죽었는데 그 애기 생각허민 가슴 아팡 살질 못허쿠다. 이제도록, 지금 몇 년이우꽈? 배에서 죽은 애기 업엉(업고) 내리라고 해서 내렷수다. 애기 두고 가면 목포파출소에서 묻어준다고. 거기 그냥 애기 놔두고 징역 갔수다.”(오계춘, 96세)

“그때 스물두 살. 남편을 잃어버렸어요. 저는 두 살 아들을 안고 배에 탔어요. 배에서 아이가 죽었다고 울부짖는 여자가 있었어요. 아까 그분 맞아요. 전주교도소에 갔

을 때는 어두웠는데, 죽은 줄 알았던 내 아기가 죽을 세 번 떠먹이니 살아났어요."(박내은, 92세)

2018년 4월 마지막 날, 4·27남북정상회담의 훈풍이 스며들 때였다. 제주지법 201호. 제주4·3 당시 군법회의 재심 청구(생존 수형인 18명)로 3번째 심문이 열렸다. 4·3(1947. 3.~1954. 9.) 당시 많은 제주도민이 적법 절차 없는, '재판 아닌 재판'을 받고 수감됐다. 이날 휠체어를 탄 두 구순 할머니의 증언이 법정을 울렸다.

서귀포시 서홍동 오계춘 할머니. 아흔여섯 목소리는 떨렸고, 격한 기억이 피를 토하듯 증언을 밀어내고 있었다. 4·3 때 남편은 행방불명. 아기 안고 이리저리 숨다가 붙잡혀 제주경찰서에 한 달가량 구금됐다. 아무개 10년, 아무개 5년, 나머지는 1년형을 불렀다. 그는 '나머지'로 죄명도 모른 채 배에 태워졌다. 전주형무소와 안동형무소를 거쳐 출소한 것은 1949년 10월. 70년간 그에게 맺힌 한은 숯이 된 채 여전히 진행형이었다.

이어 표선면 가시리의 박내은 할머니가 앉았다. 변호인의 심문에 긴장된 표정으로 그가 말했다. 배에서 죽은 아기를 안고 울던 여자가 오계춘임을. 이어 자신에게 가해진 고문에선 호흡이 빨라졌다. “산에다 신발을 몇 켤레 올렸냐? 팬티 몇 개 올렸냐? 그런 걸 물으며 고문을 했어요. 쌀 한 되, 돈 5원, 장 2홉짜리 준 것밖에 없어요. 안 했다고 말하니 바른말 하라며 고문했어요. 눈이 팡팡 오는데 기절하면 찬물을 얼굴에 부었어요. 천정에 매달아놓고 몽둥이로 때렸어요. 양 엄지손에 전기를 감아서 찌르륵 찌르륵 고문했어요.” 팔목을 보여줬다. 튀어나온 팔목, 다친 허리로 아파서 잠도 잘 못 잔다.

오계춘과 박내은. 1948년 11월 4·3 초토화 시기, 어린 아들을 데리고 숲으로 도망 다니다 토벌대에 붙잡혔다. 둘 다 남편이 행방불명. 구금과 고문, 군사재판을 받고 육지 형무소행. 어린 아기를 업고 산지항에서 목포항으로 향하던 배를 탄 두 여인이었다.

마지막으로 하고 싶은 말이 없느냐는 심문. “죽은 아기 생각허민 아직도 가슴이 벌러졍 살질 못헙니다. 이 억울함을 재판을 통해서 풀어줬으면 좋겠수다.”(오계춘) “나는 죄가 없는데 왜 그런 고문을 받고 삶을 살아야 했는지 이것이 억울하고 억울하니까 이 원을 풀어주십시오. 억울해서 죽어도 눈 감을 생각이 없어요.”(박내은) 슬픈 목소리였으나 있는 힘을 다 짜내고 있었다.

그날 이후, 몸에 가해진 고문의 기억과 고통은 4·3 뒤 70년이 흘러서도 그렇게 여전했다. 오 할머니에겐 아기를 잃었다는 죄인 트라우마가 비수처럼 꽂혔다. 고통은 너무나 깊고 날카로웠다.

증언을 마친 두 할머니가 각자 아들의 손을 잡았다. 그들을 지금까지 짓누르는 이름, '빨갱이.' 느닷없는 군사재판은 그들의 전(全) 생을 앗아갔다. 남북 경계를 넘는 이 평화의 봄, 이제 진실의 법정은 어떤 판결을 할 것인가. 이들은 바란다. 죄 없이 자신의 이름자에 그어진 빨간 줄을 살아서 지울 수 있기를.

두 어머니 모습에서 굴절된 한국 현대사 속 잃어버린 아이들을 품은 이 땅 어머니들을 보았다. '빨갱이' 연좌제로 뒤틀린 생이 돼버린 가족사를 보았다. 4월 제주, 5월 광주의 어머니를, 여수, 순천……. 국가의 폭력으로 빨간 멍에가 핀 그들을 보았다.

4·3 시기 불법 군사재판을 받고 형을 살아야 했던 18명의 생존 희생자들이 2017년 4월 19일 국가를 상대로 재심청구서를 제출, 모두 다섯 차례 재판을 했다. 1년 8개월 만인 2019년 1월 17일 공소기각 무죄판결을 끌어냈고, 2월 1일 이들의 멍에인 수형 기록 붉은 줄까지 삭제, 명예회복됐다.

죄 없는 게 죄였던 시절

자욱한 적막의 끝에 꽃은 피었다. 무자년 그해 겨울, 위험한 시절을 눈치챈 꽃들도 눈을 뜨다 숨죽였으리. 해서, 제주의 4월은 찬란하나 무참하다. 그 시절, 살아남은 자들의 이야기다.

"이 어깨가 바람만 불젠 허민(불려고 하면) 소식을 알려 와. 몸살로 그냥 쓰러지는 거라. 내가 노인당에 강 놈의(남의) 말 들으멍 같이 놀긴 허주만(하지만) 다른 할망덜은 내가 얼매나 아픈지 몰라. 스물다섯에 이추룩 된 게 여든 넘엉 내가 살암시난 첨 독헌 거라. 독해." 고문의 상처를 안고 살아가는 애월읍 수산리 양경숙 할머니.

먹을 풀도 없던 시절, 만삭의 여인은 이미 불에 타버린 시댁에 들어갔다가 마당에 삐죽삐죽 막 돋아난 풀을 뜯었다. 주머니에 넣고 다니며 먹다가 배가 아파 대굴대굴 굴렀다 했다. 광령리 이만수 할머니. 그녀가 그런다. "검질매는 사름한티도 총 잇어(김매는 사람한테도 총이 있나)?"

애월읍 상가리. 현신생 할머니. 열여섯에 결혼, 4·3 와중에 병든 시아버지가 공권력에 의해 희생됐다. 얼마 못 가 시어머니가 화병으로 세상 떠났다. 시부모 3년상 홀로 치렀다. 남편과 시동생이 부재중일 때 홀로 보초도 섰다. 열 번도 넘는 제사, 스물한 살 가장이 된 며느리의 길은 서럽고 혹독했다. 그해 겨울, 펴들펴들 눈 내리는 날. 세 살 아긴 제대로 돌보지 못해 숨을 거뒀다. 4·3 광풍을 견디며 살아내야 했던 이는 딸 같은 며느리다. 그런 그녀가 항변한다. "왜 나는 유족도 안 되는 거냐"고.

대부분 스물도 안 된 나이에 결혼한 제주의 며느리들에게 4·3은 온갖 고통을 몸과 가슴에 조각조각 새기게 했다. 허나 정작 이러한 며느리들 중엔 4·3 유족들에게 지원해주는 30%의 병원진료비, 80세 이상의 유족 지원금 월 3만 원의 혜택을 받지 못하는 이들이 있다. 왜냐, 현행

특별법의 유족 범주에서 직계가 아닌 며느리는 빠지기 때문이다. 현실의 법이다. 물론 남편은 유족이다. 그렇게 참혹한 슬픔의 소용돌이를 건너 황혼 자락에 선 이들이다.

'죄 없는 게 죄였던 시절.' 4·3을 겪은 이들은 참으로 온전하게 말을 쏟아내지 못하며, 온전하게 받아 적지 못한다. 구술을 통해 드러나지 않은 역사를 잇고 있는 제주4·3연구소가 이번 대중서로 펴낸 4·3구술집 5, 6권《다시 하귀중학원을 기억하며》와《빌레못굴, 그 끝없는 어둠 속에서》는 남녀 증언자들 31인의 기억과 경험이다. 살아 있는 4·3 제주 민중사다.

물론 이것은 대강의 사례들일 뿐. 우리 주변에 시부모를 모시고, 남편 없다는 이유로 모진 고문을 당하고도 직계 가족의 희생이 아니면 유족이 안 되는 여인들에 눈길이 간다.

4·3 진실규명이 여기까지 올 때까지 그들은 숨죽여 있었다. 공권력에 의한 희생을 딛고, 그 시국에서 들풀처럼 살아남은 사람들, 4·3특별법의 사각지대에서, 홀로 남아 생을 보내고 있는 4·3의 1세대다. 지금 움직일 힘마저 희미한 그들에게 과연 4·3은 무엇인가. 4·3 그늘에 선 여인들을 유족의 범주에 포함시키는 일은 불가능한 일인가.

4·3특별법에 따라 희생자 배우자, 직계존비속은 유족 진료비 등 복지 혜택을 받지만 제사 봉행, 분묘 관리 등을 행하고 있는 4·3 1세대 며느리의 경우, 실질적 복지 혜택은 받지 못했다. 2014년 9월 제주4·3 희생자 며느리 중 1954년 이전 출생자에 한해 외래 진료비 30% 감면 혜택을 주고 있으나 이후 출생자들은 혜택이 없다.

증거인멸의 비

“돈 몇 푼에. 부끄럽수다. 부끄럽수다. 남편 생각하면 가슴 미어져 죄인처럼 살았는데. 큰돈도 아니고. 앞으론 더 노력해보겠수다.”

목백일홍 왁자하게 눈부신 그늘 아래 백발의 아흔세 살 할머니가 한사코 손사래 쳤다. 이상숙 할머니. 마른 목소리가 울고 있었다. “여기는 대학살을 감행한 후 증거인멸을 위해 유품들을 불태웠던 장소다…….” 2017년 8월 28일, 견우직녀 만난다는 칠월 칠석. 제주 서귀포시 모슬포 섯알오름학살터 진입로에서 기념물 제막식이 열렸다. '증거인멸의 비'라니!

1950년 칠월 칠석 새벽녘, 길가엔 검정 고무신, 허리띠 등이 즐비했다. 모슬포 마을길을 지나 신사동산 넘어갈 때였다. 한국전쟁 시기 예비검속이란 이름으로 불법 구금된 이들 중 트럭에 태워진 주민 200여 명은 그렇게 자신의 것을 던지며 마지막 가는 길을 알렸다. 송악산 인근 섯알오름 탄약고터. 유족들이 달려갔을 땐 이미 한날한시에 희생된 이들이 남긴 모포, 신발, 옷가지 등 증거물을 군이 태우고 있었다. 증거인멸. 누구든 함부로 주검에 손댔다간 목숨이 위태로웠다.

6년여 만에 겨우 주검 수습. 한 구덩이에 시산을 이룬 그것들은 엉겨붙어 누구의 뼛조각인지 알 수 없었다. 유족들은 132구로 만들어 '백조일손지지'라 이름 붙였다.

맨 처음 달려가 남편의 주검을 확인한 이가 바로 이상숙, 그녀. 스물네 살 초등학교 교사이던 남편은 그렇게 갔다. 자식 하나 남기지 못한 채. 남편의 죽음은 그녀의 삶을 바꿔놓았다. 그날 이후 67년. 이 할머니가 백조일손유족회에 4천 500만 원을 기부했다. 유족들은 증거인멸의 비와 그날 희생자들이 남긴 소지품을 조형물로 재현해 참혹한 역사를 기록했다.

기록은 힘이 셌다. 영상은 할말 하려는 언론인을 '좌파 편향'으로 몰아붙이는 공영방송 사주들의 뻔뻔한 얼굴을 기록했다. 등뒤의 최고 권력과 공범한, 증거인멸을 시도하는 시대의 기록이기도 했다. 거기엔 쫓기는 자와 쫓는 자, 침묵하는 자와 침묵하지 않는 자, 얼굴을 가리는 자와 가리지 않는 자, 정의에 심장이 뛰는 자와 외면하는 자, 누추하게 늙는 자의 얼굴이 있었다. 다큐멘터리영화 〈공범자들〉은 언론 장악을 시도했던 그 증거다.

기자는 현장을 기록해야 하는 운명을 선택한 이들이다. 영화 〈택시운전사〉의 실제 인물인 독일 기자 위르겐 힌츠페터는 아마 광주의 5월을 듣는 순간 심장이 뛰었으리. 국민의 귀와 입이 되지 못할 때 언론은 언론이 아니다. 더이상 현장이 가슴을 뛰게 하지 않을 때, 그땐 이미 언론인이 아니다. 언론이 권력의 공범자가 될 때 언론은 더이상 언론이 아니다. "언론이 질문하지 못하면 나라가 망합니다." 최승호 감독의 말이다. 그러나 얼마나 오랫동안 우리는 부끄러운 언론의 얼굴로 살아야 했던가.

한국전쟁 전후 예비검속의 소용돌이에 불법적 민간인 학살이 일어난 지역이 어디 한둘이랴. 그리고 모든 국가

범죄에서 증거인멸, 은폐, 부인이 수순처럼 이뤄진다. 국가범죄를 은폐하기 위해 언론에 재갈을 물리던 민간인 학살 현장에 기자는 갈 수 없었다. 국가 스스로 수많은 고통의 현장들 앞에서 증거인멸을 시도했다. 하지만 증거는 곳곳에 박혀 있다. 그것은 절대 지워질 수 없다. 인간의 눈에, 인간의 마음에 한번 화인(火印)처럼 박힌 한. 묻으려 해도 진실은 계속 터져나오지 않는가. 5·18의 진실, 세월호의 진실, 블랙리스트. 지우려 해도 살아나지 않는가. 어디선가 모든 양심과 증거는 살아 있으니.

정권의 공범자들이 지우려 했으나 증거는 불사조처럼 나타났다. 태워버려도, 흔적을 지워도 절대 사라지지 않는다.

이제 공영방송은 신뢰를 회복하기 위해 파업으로 싸움을 벌이고 있다. 우리는 이미 봤다. 촛불 혁명에서. 함께 모여 소리를 낼 때 그 목소리가 대하를 이루고, 어둠을 뚫고 얼마나 멀리 가는지 우리는 알아버렸다.

속솜허지 말라이

'속솜허라!' 속마음을 꺼내선 안 된다는 제주말이다. 4·3이란 거대 국가 폭력을 겪었던 제주사람들에게 이 말은 생과 사를 가르는 말이었다. 반세기 동안 금기어였던 4·3에 대해 자칫 가족사를 발설했다간 빨갱이로 몰리고, 해를 입을지도 모른다는 의식이 지배했다. 누군가는 죽을 때까지 가슴에 묻어야 했다. 당시를 살아낸, 산 자들의 트라우마는 그의 전 생애를 지배한다.

더구나 국가 폭력으로 여성성을 훼손당하고 상처를 안고 살아가는 이들의 가슴은 더 그랬다. 늙은 그들이지만 그 상처를 치유할 길이 어디 있겠는가. 다만 약간의 치유가 있다면 속솜허지 않고, 묻었던 말을 꺼내는 것임을 경험으로 본다. 억압된 분노의 말은 꺼내는 순간 공감을 얻는다. 그러면서 조금은 해방되리.

오랫동안 이 '속솜허라'는 말은 여성들을 짓눌렀다. 여성들의 몸에 가해진 치욕적 성폭력 경험이라면 더 그렇다. 지금 들불처럼 번지는 '미투'를 온몸으로 느끼며 그 여인들까지, 그렇게 겹쳐졌다.

그런 시대였다. 누구 할머니는 보쌈당해서 살았다는, 유린당해 결혼했다는 이야기가 도처에서 들리던, 자신에게 가해진 치욕을 밖으로 발설하는 것 자체가 인생을 송두리째 갉아먹는 줄 알던 시대였다. 얼결에 당하면 마음은 쿵쾅거리지만 말할 용기가 없었다. 심한 언어폭력 앞에 "노!"라는 외침도 모깃소리처럼 작았다. 더구나 좁은 마을이나 지역일수록 저항은 쉽게 땅에 묻힌다. 창피하고, 아는 얼굴들이 두렵기 때문이다.

너무 놀라면 말문이 막히는 걸까. 힘이 센 남성에게, 혹은 직장에서 갑의 폭력을 당하는 순간엔 저항할 힘이 약해진다. 화끈거리는 '속솜허기'다. 눈앞에서 폭력이 일어나도 두려움에 떨던 시절이 있었다. 분위기 망치지 말라며 손을 잡아도 크게 소리 내지 못하던, 남자들은 자신들의 추행을 묵인하던 그런 시대를 살았다. 그리고 나는 그때 어떻게 했는가? 그런 모습 앞에서 속솜허지 않았던가?

'속솜허라'는 거대 국가 폭력에만 해당되는 말이 아니다. 지금 이 땅을 뒤흔드는 용기 있는 미투가 그렇다. 고통의 기억 끝에 미투가 물꼬를 트기 시작했다. 메가톤급 미투가 이 땅에 들불처럼 번지고 있다. 법조계, 문화예술계, 연예계, 언론계, 산업체 등 안전지대는 없었다. 우상의 얼굴이 괴물이 되고, 먹물들의 직장에서 묵인돼온 폭력이 노출됐다.

그건 속솜허지 않고, 용기 내 '미투'한 그녀들이 있어서다. 그녀들에게 고맙다는 격려가 이어진다. 어느 40대. "웃어주면 남자들이 자기에게 호의를 보이는 줄 알고 집적거렸다." 30대. "지금 이런 유리천장을 깨준 선배들이 고맙다." 20대. "센 언니들이 말해줘 시원하다." 여고 2년생. "잘못됐다고 말하는 건 당연한 거죠."

하지만 여전히 침묵하고, 말문 닫은 입들은 도처에 있다. 마트에서 일했다는 그녀가 말했다. "무거운 짐 들어주겠다면서 상사가 몸을 밀착시켰다. 기분이 나빴다. 생계가 걸려 있어 그냥 참았고, 두려웠다." 서너 명 근무하는 일터의 그녀. "어느 날 나이 든 장이 불쑥 손을 잡고 어깨를 주물렀는데, 오래도록 기분이 상했다."

아마도 속솜허지 않으려는 이 '미투' 행진은 계속될 것이다. 늦었으나 털 건 털고 가야 한다. 가해자였던 이들은 조마조마할 것이다. 오래된 과거라 말하지 말자. 과거에 침묵했기에 미투가 왔다. 누군가의 평생을 괴롭히고, 누군가의 평생을 트라우마에 시달리게 했던 장면들 앞에 가해자들은 '모른다'고 잡아떼리라. 진정성 있는 사죄와 반성, 성찰이 있어야 한다. 문제의식조차 없이, 타인의 삶에 평생의 상처가 될지 모를 행위 하나 다스리지 못하면서 무엇을 한다 하겠는가. 자신이 그 자리에서 검사라고, 예술가라고, 정치가라고, 직장의 선배라고 말할 수 있겠는가.

올해 서른 살인 후배가 그런다. "우린 일을 사랑하는 세대예요. 결혼하고 애 낳고 살아간다 해도 일을 해야지요. 그런데도 기본 인권이 지켜지지 않으면 일을 할 수 있을까요? 애를 낳을 수 있을까요?" 좀 더 나은 세상으로 가기 위해 말문은 터져야 한다. '속솜허라' 시대는 이제 그만이다. 그 시절을 겪었던 할머니들은 이제 말하리. "절대 속솜허지 말라이(절대 조용해선 안 된다)."

살암시민
살아진다

제주 어르신들이 많이 쓰는 말에 '살암시민(살다보면) 살아진다'가 있다. 살다보면 살 수 있다는 말씀이다. 이것과 더불어 많이 쓰는 말이 '사난 살앗주(사니까 살았다)'다. 어떤 순간에도 살아가야 한다는 것, 한 생의 축약이다. 스스로 한 생을 끌어안는 말이라고 생각한다. 러시아에도 이와 닮은 속담이 있던가. '그래도, 삶은 계속된다'고. 졸지에 남편 잃고 자식 잃고 사흘 낮 사흘 밤을 망연자실했던 여자. 그래도 자식을 키워야 했기에 바다로 나갔다는 제주 해녀 할머니에게도 삶은 '살암시난(살다보니까) 살아진다'

였다. 그러니까 이 말은 살아남은 자들을 위한 용기와 위안의 언어다.

살다보면 누군들 슬픔의 무게에 짓눌리던 계절이 없을까. 베갯모가 눈물로 뒤범벅됐으나 그 고통을 말하기 싫다는 어르신, "시국이 그런 때였으니까"란 한마디로 모든 세월을 끌어안는 사람들, 한때는 그렇게 북받치는 어깨를 겨우 억누르기도 했으리. 그러기에 이 말은 모든 삶의 고개를 타넘은 사람들이 그 고개를 넘으면서 건져올린 철학이다. 돌아보니 그랬다. 당장은 죽을 것 같은 오늘도 살다보니 살 수 있었다.

2017년 한 해의 끝을 향해 가던 그 계절, 우리들의 광장엔 또다시 촛불이 일렁였다. 촛불 혁명의 기적을 가져왔던 제주시청, 서귀포광장에선 또다시 추모의 촛불이 차디찬 하늘을 갈랐다. 서울 광화문광장에서도 그 애도와 분노의 목소리가 눈물범벅처럼 뒤엉켰다. 광장 한쪽엔 노란 리본, 기원과 현실에 대한 질타가 들어간 포스트잇이 가득가득 붙어 있었다. 아무도 없었던 그 자리, 현장실습에서 죽어간 서귀포의 고교생 이민호 군을 위한 촛불이었다. 그 광장 어딘가에 떠돌고 있을 소년을 떠올리면서 함께한 어른도 아이도 촛불처럼 흔들렸다. 그건 타살과 다름없었기에.

2017년 12월 6일, 모교에서 열린 이 열여덟 소년의 영결식장에서 친구는 작별 인사를 했다. 깊은 슬픔을 참아내며 읽었다. "너는 저 자리에 있고, 나는 이 자리에 있다는 것이 믿기지 않는다"고. 부모의 통곡은 끝나지 않았다. 여기저기서 "미안해, 미안해"와 현장과 어른들을 향한 원망이 쏟아졌다. 건축 현장 막노동을 나가는 60대 가장이 뉴스를 보며 한마디 했다. "내 자식 일 같다"고.

현장에서 제일 눈치보는 아이들이 실습생이라 했다. 차 한잔 마시며 잠깐 쉬라 해도 그럴 수 없어 한다는 것이다. 일의 강도 역시 어른들과 하나도 다르지 않단다. 학생은 학교와 현장의 눈초리를 다 봐야 한다. 시간을 초과해도, 불평을 할 수 있겠느냐는 거다. 그런 아이들의 현장에 자신의 아이도 나간다고 씁쓸해했다.

피워내지 못한 영혼이 큰 울림을 내고 있다. 그동안 사각지대였던 현장실습장 구석구석에 불을 밝힌다. 하지만 여전히 억울한 현실의 사각지대를 다 퉬 수는 없다. 일을 시키는 자가 노동하는 사람의 마음에 들어가보지 않고는 더 나아갈 수 없다고.

그렇게 버티고, 견디고, 격려하며 함께 촛불 광장을 승리로 이끌었던 시간이 간다. 하여 이 땅의 정권 교체를 가져온 참으로 높은 한 해가 간다. 그리고 함께 간다. 세월을 뛰어넘어야 할 세월호 아이들을 가슴에 묻고 사는 사람들, 청산되지 못한 역사의 가족사를 끌어안고 살아가야 하는 그들의 사람들, 목숨 같은 사랑을 떠나보내고 숯이 된 가슴들, 슬픈 눈동자로 가득했던 저 멀리 난민 아이들의 한 해도 간다.

그래도 이 말이 누군가에겐 조금은 위로가 될까. 이 한 해의 모퉁이에서 스스로에게 혹은 누군가에게 밀물처럼 다가갈 것 같은 말. 파도 없는 하루가 어디 있겠는가. 그럼에도 지속돼야 할 삶에 대한 경건함이 밴 할머니의 제주적인, 정말로 제주적인 말씀을 건넨다. "살암시민(살다보면) 살아진다."

해녀,

그 담대하고 당당한

마침내 세계가 인정했다. 제주도의 해녀문화가 지난 1일 에티오피아 아디스 아바바에서 열린 유네스코 '인류무형문화유산'으로 등재된 것이다. 숨 하나로 이승과 저승의 경계를, 숨 하나로 바다를 누비는 해녀. 바다와 가장 자연친화적인 인간이 만나 생명력을 교감한다. 이 경이롭고, 이색적인 이미지로만 보여지던 해녀문화를 유네스코가 공감했다. 해녀문화라는 아주 지역적인 정체성을 인류의 소중한 문화이자 위대한 세계 보편의 가치로 받아들였다. 왜 해녀문화인가. 그들은 과연 어떤 존재이며, 어떤 의미인가.

제주해녀문화는 우리나라의 19번째 인류무형문화유산이 됐다. 2014년 3월 등재 신청 후 3년 8개월 만에 맺는 결실이자, 2009년 11월 제주해녀문화 보존 및 전승에 관한 조례 제정까지 거슬러 올라가면 7년 만에 거둔 성과다. '유네스코'는 산업화와 지구화 과정에서 급격히 소멸되고 있는 무형문화유산을 보호하고자 2001년부터 인류무형문화유산을 지정·등재하고 있다. 2016년 12월까지 등재된 유산은 108개국에 있는 336개 유산이다. 국내 첫 인류무형문화유산은 2001년 '종묘 및 종묘제례악'이며, 2009년에는 '제주 칠머리당 영등굿'이 등재됐다.

인간의 한계는 어디까지인가. 시린 날, 제주해녀들은 그 물음에 답한다. 맨몸으로. 바다와 생태 친화적인 존재가 만나는 지점에 그녀들이 있다. 산소통 하나 없이 오로지 맨몸으로 바다로 투척한다. 테왁 하나에 둥둥 몸을 의지한 채. 어머니의 어머니가 그랬듯이 대해에서 숨비소리를 낸다.

어머니에서 딸, 시어머니에서 며느리로 전승되는 해녀문화. 유네스코가 보편적인 가치로 삼은 까닭은 세대 간 전승문화에 있었다. 해녀의 고령화 등으로 사라질 위기에 처한 문화유산이 아니라 살아 있는, 자연과 공생하면서 지속적으로 전승·보전할 공동체로 인정한 것이다.

여성성 회복이라는 인류의 보편적 가치와도 통했다. 지금까지 이처럼 여성이 주체가 된 무형문화유산이 있었던가. 자맥질로 해산물을 채취하는 '물질'은 여성의 주체적인 역할이다. 물질 기술 외에도 민속 지식으로 이어져온 '살아 있는 문화유산'을 인정했다는 의미도 있다.

또 하나, 지역공동체란 정체성이다. 제주도 내 어촌계는 100여 개. 해녀들은 저들끼리 희노애락을 나눈다. 그 공간에서 눈물도, 기쁨도 같이 나눈다. '칠성판을 등에 진' 위험한 물질 작업은 해녀들을 끈끈한 인간적 유대로, 늘 기도하는 자세로 임하게 한다. 잠수굿은 그녀들은 스스로의 안녕을 위해, 그리고 바다에서 사고로 해마다 물숨을 먹고 세상을 뜨는 동료 해녀들을 위한 무속 의례다. 유네스코는 해녀 공동체 연대를 강화하는 잠수굿과 배 위에서 부르는 노동요인 〈해녀노래〉도 소중한 유산으로 인정했다.

해녀들은 항상 테왁 위에서 서로의 이름을 불러주며 작업을 한다. 전복이나 오분자기(떡조개)를 키우는 어장에서는 해녀의 나이가 많든 적든 같이 작업하고 판매, 분배한다. 소라 한둘 부족해 10킬로그램을 채우지 못한 이에겐 하나둘을 더 주고 채워준다.

물질 경력 50~60년은 보통. 그러나 해녀는 은퇴할 나이가 따로 없는 최고의 바다 전문가들이며 경제인들이다. 해녀들은 물질 기량에 따라 상군, 중군, 하군으로 나눠어진다. 탁월한 해녀는 물속 20미터까지 내려간다.

젊어서 상군이었던 해녀들도 늙음은 순리. 늙어 힘들어지면 수심 얕은 곳에 만들어진 '할망바당'으로 이동한다. 인간적 배려다. 제주바당 올레를 한바퀴 걸어보라. 검은 돌담을 쌓아 만든 바닷가의 작은 공간들을 만나게 된다. 바다에서 나와 몸을 말리는 '불턱'이다. 이곳은 그녀들의 해방공간이었다. 지금처럼 현대식 탈의장이 없던 시절 해녀들은 여기서 불을 피우며 서로의 삶과 지혜를 소통했다. 해녀들만의 자유로운 의사결정권으로 바다밭을 가꾸고 어장을 보호한다. 해녀들은 물질하고 번 돈으로 집 사고 밭도 샀다. 그 수익금을 마을길을 조성하거나 학교건물을 짓는데 내놓기도 했다. 이러한 해녀 공동체 문화는 지속 가능한 마을 재생 모델로 떠오르고 있다.

등재 소식에 "날개라도 단 것 같다"는 한림읍 한수리 홍경자 해녀(65세). 그녀는 말한다. "옛날부터 미천한 직업처럼 보여 동창들 모이면 물질한다는 말도 못했는데, 이젠 당당하게 말할 수 있어요. 전문직 여성으로 발돋움했다는 거지요. 이제부턴 내 몸이지만 내 몸을 함부로 하면 안 되겠다는 자부심이 들고, 하루 5~6시간 하던 물질도 4시간으로 줄이면서 안전하게 해야 할 것 같아요. 여든이 될 때까지 오래오래 하고 싶어요. 해녀 개개인이 인간문화재나 마찬가지 아니우꽈. 해녀들이 자긍심 갖게 하는 교육도 더 필요합니다."

해녀들은 바다 지형과 조류, 물때, 바람, 채취물 등 해양 지식을 경험을 통해 체득한다. 50년 물질에 '공부 박사'는 못 됐지만 '바다 박사'는 됐다는 그녀. 해녀가 줄어들고 있는 문제점과 바다 아열대화와 오염으로 어장이 황폐화해 가는 현실에 대해서도 짚는다. "바다 자원이 줄면 수입이 줄고 해녀도 힘들어진다. 후배 해녀들을 양성하는 것도 힘들다"는 거다.

젊은 여성들이 취미로 다이빙은 배우려는데 해녀는 하지 않으려는 것이 이상하다는 그녀. 밭일 하다가도 몸 빼근하면 몸풀러 바다로 간다. 밭에선 일하다 쓰러지면 119라도 부르지만, 바다밭이 그러한가. 위험직종이라서 해녀는 보험회사의 보험도 못 드는 현실이란다. 그녀의 바람이다. "해녀가 없어지면 사철 바닷속 해산물도 못 먹어요. 그런 것들을 정부에서 제도적으로 해주면 좋겠습니다."

"우리 어멍 날 날 적에/ 무신 날에 날 낫던가(우리 어머니 날 낳을 때 어느 날에 낳았던가)……."(〈해녀노래〉 중) 과거 해안가에서 태어난 제주의 딸들에게 해녀는 숙명이었다. 지금처럼 고무옷이 없던 시절, 무명천으로 만든 소중이에 물적삼 하나 걸치고 한겨울 물질하다 물 밖으로 나오면 맨살이 저절로 발갛게 붓고 떨린다. 일고여덟 살이면 어머니로부터 둥근 테왁 하나 들고 자맥질을 배웠다. 바다에서 돌고래를 만나도 침착해야 된다는 담대함도 배웠다. 10대에 '애기상군' 소리 들으며 바다로 나갔다. 소라, 전복, 천초 등 해산물이 망사리에 가득 담겨나오기까지 물에서 노동은 5시간 이상이다. 검정 고무옷에 큰눈(물안경), 부력을 견디기 위해 허리에 차는 납덩이, 전복을 만나면 한판에 떼어낼 빗창, 호미 들이 전부다. 제주해녀들에게 바다는 무한한 생산 저장고이자 한없이 고마운 바다밭이다.

제주를 사랑하는 노벨상 수상 작가 르 클레지오는 그녀들을 보고 "해녀는 실제로는 고기잡이의 프롤레타리아"라며, 해녀에게서 고통과 긍지가 섞인 감정을 발견했다.

해녀들이 한번 물속에서 참는 숨은 대개 1분에서 2분. 물속에서 사투를 벌이는 한판 승부는 바로 이 숨이 결정짓는다. 허니, 자칫 과욕은 금물. 자칫 전복 하나 더 떼려다간 바로 물숨을 먹는다.

직접 노를 저으며 뱃물질 나가던 선배 해녀들은 거친 물살의 배 위에서 아기 낳고, 사흘 뒤면 물에 들었다. 집을 떠난 바깥물질인 출가물질은 1895년 부산 지역이 시작이었다. 이후 한반도 전역, 일본, 중국 다롄과 칭다오, 러시아 블라디보스토크까지 대륙을 이동했다. 초국가적 바다의 전사들이다. 한창 땐 4천여 명이 나갔다. 독도 앞바다도 1950년 초부터 1970년대까지 제주 전역의 해녀들이 앞마당처럼 누비던 곳이었다. 가족의 생계를 책임지기 위해 먼바다로 나가던 그들. 직접 잡은 해산물로 가족을 위한 헌신과 제주경제의 견인차 역할을 하기도 했다.

해녀들의 강인함과 당당함은 역사가 입증한다. 두려움을 넘어선 담대함은 시대를 앞선 것이었다. 그때 그녀들은 화산의 불덩이 하나쯤 갖고 있던 존재 아니었을까. 식민의 시대, 일본인들의 부당한 수탈에 대항한 제주해녀들은 촛불처럼 빗창을 들었다. 1932년 1월의 제주잠녀항쟁이 그것이다. 제주섬의 동쪽 세화리 하도리 종달리 우도 등지에서 약 3개월에 걸쳐 동참한 해녀들은 연인원 1만 7천여 명. 전국 최대 규모의 여성 어민 투쟁이었다. 일본에는 일제의 징용물질로 고향을 떠나 돌아오지 않고 사는 해녀도 있으며, 현대사의 대비극 제주4·3을 피해 일본으로 떠난 여인들은 그곳 바다를 고향 바다처럼 누볐다.

그렇다면, 이러한 문화의 가치가 지속 가능한 유산이 될 수 있을까. 갈수록 해녀 인구는 줄고 있는 현실이다. 제주도 내 현직 해녀는 1990년 6천 827명에서 지난해 기준 4천 377명으로 25년 새 2천 450명이 줄어들고 고령화도 급격하게 이뤄지고 있다. 해녀 학교도 운영하고 있지만 실제 젊은 해녀들은 귀하다. 60세 이상 해녀는 전체의 85.7%(3천 751명), 70~79세가 42.4%로 가장 많다.

유네스코 등재는 제주해녀에 대한 인식을 크게 바꾸는 탄력이 될 것이다. 또한 제주해녀문화 보존과 전승이 탄력을 받을 것이란 희망을 갖게 한다. 그러나 해녀문화 전승을 위해서는 정부 차원에서 바다 환경 정책과 해녀문화에 대한 제도적 장치 등이 수렴돼야 할 것이다.

이제 제주해녀들의 이미지는 그 위대한 희생과 모성성의 시대와 안녕하고 있다. 당당하고 주체적인, 전문직 여성으로서 자신들이 진정 걷고 싶은 길을 걷고자 하는 여성들의 희망이 되고 있다. 그러기 위해 유네스코 등재는 해녀문화의 빛나는 가치 재발견이자 재인식의 출발 지대여야 한다. 그래야 지속 가능한 모델이 될 수 있다. 제주해녀. 강인하고 소금기 가득한, 따뜻하고 생명력 넘치는 이 이름은 이제 새로운 인류의 가치가 되었다. 배려와 나눔의 해녀 공동체 문화는 갈수록 사막처럼 삭막해지고 있는 현대에 던져주는 진정 새로운 상징이 아닌가.

'해녀 양씨'가 남긴 말

오사카 이쿠노구. 그때 만난 아흔넷의 그를 잊을 수 없다. 그가 그랬다. "도둑질도 못허난 물질을 했지"라고. 북의 아들들을 위한 물품들로 그녀의 방은 가득찼다. 목소리는 쾌활했고, 낙천적이고 긍정적이었다. "이어도사나 아이어도사나……." 생의 파도를 타넘은 그의 노래, 한 생이 굽이쳤다.

여든 살까지 일본 바다에서 살았다. 오사카에 자식들을 두고 홀로 간 대마도. 거친 바위들이 많은 바다에서 잠수기선을 타고 수심 50미터가 넘는 물속을 들락날락했다.

아침에 들어가 점심때가 돼서야 하늘을 봤다. 제주 바다보다 일본 바다 놀(파도)은 더 셌다.

날카로운 바위에 무릎이 깨지고, 잠수병에 걸려서 처음 우유를 마셨다는 해녀 양의헌. 1916년생, 고향 제주시 동복리. 골막에서 '애기물질'하다 상군 잠수가 됐다. 한평생 해녀는 직업이지만 부업으로 헌옷 수거, 재봉일, 콩나물 다듬기 등 일본땅에서 닥치는 대로 일하며 살았던 사람.

1930년대 말부터 일본 열도의 바다밭을 누볐다. 결혼과 첫 남편 사별, 고향에서의 해방, 4·3 생지옥의 제주 바다를 건넌다. 울면 발각될까 봐 세 살 난 딸을 떼어놓고서. 곧 다시 만나리라며 떠난 오사카행. 하지만 긴 이별. 딸은 고아원에서 자란다. 오사카에서 조총련계 남편을 만나 재혼, 조선적을 갖게 돼 고향엔 갈 수 없었다. 1960년대 활발했던 북송 사업에 떠밀려 일본에서 난 세 아들은 북으로 간다. 그날 이후 7남매의 어머니, 그는 더 강해졌다. 그의 꿈은 생이별한 북의 아이들을 만나는 거였고, 한국의 딸을 만나는 거였다. 자나깨나 남북통일 생각뿐이라 했다. 그는 북에서 보내온 셋째 아들의 편지를 잊을 수 없다. 이 대목에서 더욱 사무친다. "꿈속에서는 부모님과 함께 살고 있었는데 파뜩 잠에서 깨어보니 밖에는 눈이 굉장히 많이많이 쌓여있었대요. 깨어보니 아무도 없었대요. 어머니도 아버지도 어십디뎬."

그녀의 이 파란만장한 삶은 다큐멘터리로 세상에 알려졌다. 2004년 일본 관객들 앞에 개봉, 눈물을 쏟게 했던 그 영화, 〈해녀 양씨〉다. 1960년대 재일조선인 연구자 고 신기수 씨가 40대의 그녀를 영화화하려고 시도했으나 완성을 못 봤다. 이 미완성 필름을 일본 감독이 이어받아 다시 그녀의 삶을 기록했다. 잠수 장면 등의 필름은 재일동포 김성학씨가 제공했다. 이 한 편의 영화가 던져준 메시지는 강렬하고, 감동적이다.

그때, 모녀는 눈을 마주치지 못할 정도로 슬픔에 떨고 있었다. "시국 탓이야." 어머니는 자꾸 눈물을 누르며 손에 잡은 지팡이로 흙바닥을 누르고 있었다. 먼바다로 시선을 뒀다. 2002년, 53년 만에 밟은 고향땅에서 한시적인 모녀 상봉을 했을 때다. 분단 조국의 역사를 감내해야 했던 이 여인의 가족사는 그렇게 흘러갔다. 그동안 자식들도 여럿 세상을 떠났다.

양의헌을 만난 하라무라 마사키 감독은 "그의 마음속에는 한국의 분단에서 비롯된 깊은 슬픔이 있다"며 그의 슬픔을 통해 평화의 중요성을 말하고 싶어 했다. 해방 70년 분단 70년, 그런데도 지금은 어떤가. 그 소망은 더 멀어져 뵌다. 일본 정부의 위안부 문제 등 과거사 해결 의지가 없는 현실 속에 관계는 더 어려워졌다.

오사카 이쿠노구 코리아타운. 그가 물질해 번 돈으로 구입한 그 집에 이제 그는 없다. 자전거가 늘 세워져 있던 그의 집에 그는 없다. 늘 고향에서 온 딸을 반기듯, 그를 만나러 갈 때마다 "혼저 오라(어서 오라)"며 내 손을 잡고는 밝은 웃음을 주던 그는 없다. 강인한 제주해녀 정신으로 삶을 살던 그가 얼마 전 세상을 떠났다는 소식이 들려왔다.

향년 99세. 우리 나이 100세. 양의헌. 그는 이제 역사가 됐다. 어떤 누구보다 이 시대, 거대한, 우리 모두의 어머니였다. 한 세기를 뜨겁고 가파르게 살아온 제주 여인, 그의 가족사는 말해준다. 평화와 통일은 우리 시대 최대의 과제라고. 또 있다. 함께 밥 먹을 수 있을 때 가족은 행복이다. 그건 기적 같은 일이라고.

5월 쪽빛 바다가 너울진다. 이 더없이 고운 고향 바다를 그리던 그녀를 생각한다. 그리고 늦었으나 양의헌 할머니의 명복을 빈다.

지바의 바다에서 부르는 노래

-제주해녀 홍석낭

폭풍우 같은 삶이었다. 바다에 무수한 별들이 쏟아지면 고향의 별들인가 했다. 거친 파도 속에선 눈물 그렁하지 않은 날 없었다. 바다를 고향으로 품은 제주해녀(잠녀)에게 일본 아마가사키나 시즈오카나 다케오카나 그가 몸을 데인 바다는 그랬다.

1923년, 제주 한림읍 금능리 출생. 제주해녀 홍석낭. 살아서 그를 만난 것은 3년 전. 도쿄의 동쪽 태평양 연안 지바. 그 바다에서였다. 마침 지바현까지 태풍 '너구리'가 상륙한다던 그날. 하늘은 서서히 잿빛이었고, 파도는 점차

거세지고 있었다.

"스무 살에 일본 나와서/ 남들처럼 못 살아보고/ 칠성판을 등에다 지고/ 바닷물을 집밭 삼아 갈매기들 벗을 삼고/ 손을 꼽고 해를 세니 70년이 지나가고……."

시인만 직관으로 노래를 하는가. 이 노래. 올해 아흔하나. 노해녀. 한 인간의 격한 일생이 읊조리듯 부르는 그녀의 제주말 자작곡 노랫가락에 흐르고 있었다. 파도마저 그녀의 절절한 노래에 몸을 비틀고 있었던가. 그랬다. 아주 작은 몸체, 노해녀의 눈동자는 초롱초롱 별처럼 빛났으나 눈물이 그렁했다. 차마 그녀의 노래는 함축된 인생, 그 자체였고, 시였다. 해녀 홍석낭. 이 즉흥 노래의 달인은 자신의 가락에 가끔 가사만 바꿔 부른다. 그가 힘줬던 대목이다.

"나는 자기 맘대로 일본 온 할망 아니야. 전쟁, 전쟁이 팡팡할 때 저 감태하고 우뭇가사리 채취해달라고 해서 폭탄 화약 만드니까 일본서 높은 사람이 와서 데리고 왔어. 징용으로 왔어. 스무 살에." 일본어와 우리말로 버무려진 이야기들이 바다 물결로 뒤척였다.

앞마당 같은 물빛 고운 비양도를 오가며 물노동을 했다. 멀리 구룡포까지 출가물질 떠나기도 했다. 돈 벌러 가

자는 언니 따라 가난한 고향집을 떠날 때 스무 살. 제주와 오사카를 잇는 정기연락선 군대환(君が代丸, 기미가요마루)을 타고 도착한 곳은 시즈오카였다. 너풀너풀 우뭇가사리가 무성한 바다였다. 여럿이 함께 살면서 우뭇가사리만 채취했으나 돈은 벌지 못했다. 겉으론 돈 벌러 떠난 출가물질이었으나 속은 일본 군수산업에 동원된 징용물질이었다. 제주에서도 이 시기 해녀들은 공출에 진을 빼기도 했다. 태평양전쟁의 막바지, 일본은 해녀들까지 동원해 군수용 화학연료로 쓰기 위해 우뭇가사리나 감태 같은 해초를 채취하게 했다. 이미 1939년 국민 징용령에 의한 '모집' 형식의 동원계획이 있었다. 고무옷이 없던 시절, 무명 해녀복 입고 제주해녀들과 남의 나라 차가운 바다에서 수없이 해초를 캤다.

해방 직전, 팡팡 공습하던 오사카에서 고향 남자 만나 혼례를 올렸고, 아이를 낳아 지바로 건너갔다. 전쟁이 끝났으나 그는 고향으로 돌아가지 못했다. 함께 왔던 언니는 고향 바다로 돌아갔으나 그는 그 바다에 있었다. 첩첩 파도 타는 삶. 고향으로 간 언니가 4·3의 광풍에 희생됐다는 소식이 들려왔다. 그에겐 어디든 전쟁이었다. 전쟁은 다 같았다. 무섭고 징그럽다. 그는 홀로 지바의 바다에 남겨졌다.

떠날 수도 있었지만, 곤란할 때 살려준 이 바다를 어떻게 떠날 수 있냐고 반문했다. 그의 작은 집은 문만 열면 바다. 매일 밤 고향은 파도 소리로 달려왔으리. 물론 바다에서 위험한 순간도 수차례 넘겼다. 해녀 친구 대여섯, 이 바다에서 물질하다 숨을 거뒀다.

"자기 숨 끊어지기 전에 올라와야지 물에선 욕심내다간 죽어. 전복 욕심내다가 친구 할망도 죽었지." 해녀 세계에서 가장 냉정한 것은 '숨'이다. 욕심은 금물. 해녀들에게 숨비소리는 생명의 또다른 신호다. 삶의 철학이다. 살기 위해 물의 생을 택했으나, 목숨은 그 숨과의 안 보이는 대결이다. 숨은 인생이다. 우리네 삶이라고 다르겠는가. 이 시대 권력자들이 보이지 말아야 할 바닥을 보이는 현실에서 해녀들은 자신의 숨을 조절하며 살라고 한다. 숨비소리를 들으라고 한다.

해녀들은 산소 장비 없이 숨을 참고 맨몸으로 바다에 뛰어들어 사투를 벌인다. 인간이 보여주는 극한의 생이다. 그들의 가장 큰 미덕은 공동체 정신이다. 함께 바다로 가고, 함께 망망대해에서 서로의 이름을 불러준다. 지바에 뿌리내린 제주의 한 젊은 해녀가 말하길, 작은 체구의 그는 많은 물건을 해오면 나눠주고, 늘 배려해주는 든든한 지바의 어머니 같다고 했다.

“한락산더레 베리민(한라산을 보면) 도체비(도깨비)불만 팔락팔락”하던 고향에서 재미있게 살아보지 못했다는 그녀. 그 고향땅을 다시 밟았을 때는 39년 만이었다.

그리고 나는 얼마 전 고향엔 전혀 알려지지 않은, 그의 부음을 들어야 했다. 그는 2015년 9월, 여름의 끝자락에서 폭풍 같던 삶을 그만 접었다. 아흔넷. 바다에 들 때는 당당하고, 거침없었던 해녀. 가족의 생계를 등에 져야 했고, 징용물질을 증언하던 마지막 해녀이기도 했다. 살아서 역사에 묻혔으나 그는 이제 역사가 됐다.

잊을 수 없다. 지바의 바다에서 그녀가 부르던 노래를. 눈동자에 가득 맺혔던 눈물방울을. 39년 만에 찾았던 고향 버스에서 처음 불러 큰 박수를 받았다는 자작곡을.

그의 언어는, 노래는, 영혼의 소리였다. 가슴이 삭혀낸 소리였다. 역사에 묻힌 징용물질. 주린 삶 속에 바다를 건널 수밖에 없었던 재일 1세의 삶은 바로 역사의 이름이다. 먼 나라에서 차별과 편견의 쓸쓸한 시간을 홀로 당당하게 살아낸 여인의 뜨거운 인생이었다. 전쟁터에서 거친 파도와 싸우며 살아낸 한 여성의 역사였다. 정치 권력자들이 어디 이렇게 절절한 노래를 부른 적 있던가.

이 깊은 4·3의 기억, 아무도 모릅니다

그 폭풍을 비껴갈 수 없었다. 결혼하지 않은 여성은 안 한 대로, 결혼한 여성은 한 대로. 가장 견디기 어려운 지옥의 기억, 그것은 이들에게 가해진 성폭력이었다. 그러나 당시 여성들이 겪어야 했던 '치욕'을 증언하는 당사자는 거의 없다. 가부장제 이데올로기가 지배하는 사회에서 여성성을 잃는 것은 목숨만큼 위태로운 일이라는 인식이 작용했기 때문일까.

4·3 때 열여덟이던 한 할머니는 토벌대에 당했던 기억을 잊을 수 없다 했다. 그가 자신의 기억을 털어놓기 시작

한 것은, 남편이 세상을 떠난 뒤다. "요즘 텔레비전에 누구 누구한테 당했다는 얘기 나오면 가슴 덜컥해. 잠이 안 와." 그는 지금도 자신을 가해한 군인의 얼굴을 기억한다. 일본군 '위안부'의 현주소를 보여주는 영상을 안방에서 볼 때도 늙은 가슴속이 스멀거린다. 오래된 흉터처럼.

누구에게 호소할 수 없는 성적 유린을 당한 여성들이 입은 상처는 후유장애로 편입되지도 못한다. 내면의 고통을 겹겹 포갠 채 살아갈 뿐이다. 4·3의 여성들에게 가해졌던 몸의 기억, 가족의 안위를 위해 받아들여야 했던 강제결혼 등 여성들을 둘러싼 기억은 목격자의 입을 통해 어렴풋 세상에 공개되곤 한다.

1948년 12월, 4·3 초토화 시기, 표선면 토산리 집단학살 현장에서 토벌대는 여성들에게 달빛을 쳐다보라고 했다. 달빛에 비춰 여성들 여럿을 뽑아갔다. 살아 돌아온 이는 열다섯 살의 한 소녀뿐이었으나 소녀는 이후 절대 입을 열지 않았다. 차마 언니가 어떻게 됐다는 말도 하지 않았다.

성(城)담을 쌓다가, 토벌을 피해 도망치다가, 느닷없이 총상을 입고 후유장애의 삶을 사는 여성들은 어떤가. 턱을 날려버린 총상을 입고, 평생 무명천으로 턱을 싸맨 채 살던 진아영은 홀로 기억과 싸우며 신음하는 생을 살다 숨졌다.

그 광풍을 온몸으로 맞았던 양복천을 기억한다. "이제 그런 사태 온다 하면 죽지. 살 생각이 없어. 어떻게 살아. 사람이 어떻게 사람을 죽입니까. 지금도 꿈에 나와. 이제도록 어찌 무슨 힘으로 살아졌는지." 2009년 당시 아흔세 살이던 그는 몸서리치며 기억의 필름을 돌렸다. "세 살 딸 등에 업고 열 살 아들 옆에 섰어. 난 박박박 털멍 '선생님 날 살려줍서'만 하고. 올레 밖으로 도망가려는데 바로 총이 아들한테로 가버렸어. 아들이 '엄마아 엄마야' 하니깐 '저거 아직도 안 죽었네.' 팡 쏘안. 첫 총에 죽었수다. 차마 사람이 사람을 죽이랴 헷수다. 팡! 허난 셋이 마당에 엎어진 거라." 순식간에 마당은 선혈로 낭자했다.

그의 등허리에 명중한 총알은 옆구리로 튀어나왔다. 등에 업힌 딸의 다리가 그 총알에 맞았다. 그날은 딸의 3번째 생일날이었다. 그날 입은 상처로 평생 후유장애를 안고 살아야 했던 딸 김순여. "곱은 다리서 함덕장으로 갈 때는 마을에서 놀던 아이들이 놀렸지요. 기어서 가니까." 딸이 자라면서 고통은 커져만 갔다. 어머니는 딸을 업어서 등교시켜야 했고, 대소변을 받아냈다. 초등학교도 제대로 다닐 수 없는 나날이 이어졌다. 힘들면 앉아서 모녀가 함께 울었다.

"예쁜 신발 한 번만 신어봤으면 하는 건 꿈이었죠." 딸은 열여섯부터 발등으로 걷기 시작했다. 40대가 되니 옆으로 절뚝거리며 걸었다. 어머니는 속으로만 울었다. 50대가 돼서야 남편의 권유로 수술을 받았다. 그가 그랬다. "마음에서 없어질 상처는 아닙니다. 아무 친구한테도 말 안 했죠. 친구들은 소아마비로만 알았지요. 죽을 때까지 갖고 갈 상처지요. 남들과 함께 걸어보지 못한 거, 말로도 표현할 수 없습니다."

고문 역시 지울 수 없는 흔적이었다. 그들은 '당해보지 않은 사람은 상상할 수도 없다'고 고개를 저었다. 그날 고문에서 벗어날 수 없는 생을 살다간 고난향. 그는 생전에 비행기 소리만 나도 쿵쾅, 심장이 벌렁거려 잠을 이룰 수 없다고 구술했다. 전주교도소에서 10개월 옥살이를 했던 그다.

"남편 없다는 이유로 집에 와서 마을 공회당으로 끌고 갔어. 며느릴 걸상에 가로눕혀 배 위 양편에 나무판자를 지들렀어. 두 놈이 통나무 양쪽에서 네 서방 어디 갔느냐고 고문했지. 이 아인 모릅니다, 봐줍서 해도 놈들은 내 뺨을 때리고 그 짓을 했지."

1948년 5·10총선거를 피해 산으로 올랐던 경험이 있는 여인들은 남편이 없다는 이유로 도피자 가족으로 몰렸다. 그들이 당한 고문 역시 혹독했다. 이들은 이후 시시때때로 찾아오는 트라우마에 시달렸다. 아무것도 모른 채 집을 회의 장소로 잠시 빌려줬던 한 여인은 누군가의 밀고로 경찰서에 끌려갔다. 일본에서 잠시 고향에 왔다가 일본의 남편한테 돌아갈 꿈에 부풀어 있던 그는 다섯 살 딸아이의 엄마였다. 그의 전 인생은 그날로 뒤집어졌다. 회의 참석자 이름을 절대 불지 않고 "모르쿠다(모르겠습니다)"로 일관했던 그에게 내려친 고문의 모습은 이랬다.

"나보고 쉐(소) 닮은 년이렌 해. 회의에 참석헌 사람 이름 불라고. 죽어도 나 혼자 죽는다고 마음먹고 일절 말을 안 했지. ……여기! 이 왼손 팔목에 영 튀어나온 거, 손가락 꺾어진 거 봐. 손을 내놓으니 몽둥이로 두드리곡 손가락은 완전 꺾어지니까, 상의는 벗기지 못하니까 아랫도리만 벗겨서 그렇게 두드립디다. 3일 동안 두드려도 바른말 안 하니 이런 지독한 년은 없다고. 천장에 달아매고 두드리다가 코로 주전자에 끓인 물을 들이켜니 죽어질 것 아니우꽈(아닙니까). 밖에 동지섣달 얼려놓은 물에 던져. 살아나니까 끌어다가 다시 코로 물을 붓고. 손목 심고 돌리며 이제도 바른말 못하겠냐고 과락 밀리니 이마 벗겨지고, 이빨다 무너지고. 아픈 줄도 모르곡. 옷이라도 입혀 그렇게 하지. 부끄러운 말이지만. 나 목숨 질긴 사람이우다."

겨우 정신이 돌아온 그에게 순경이 말했다. "이제도 바른말 못하겠냐고. 그 순경이 자기 말만 들으면 살 수 있다고 헙디다……." 그날 이후 그의 생은 완전히 조각났다. 고문은 질겼고, 기억의 힘은 너무 강해서 지금도 고통은 밤까지 따라붙는다. 깊은 기억은 죽을 때까지 살아남는 힘을 갖는 건가. 그럼에도 여인은 누구에게도 부끄러운 짓을 하지 않았다. 죽도록 매를 맞으면서도 그는 여럿의 마을 사람들을 지켜냈다. 4·3의 열사였다. 그로 인해 살아낸 목숨들이 얼마인가.

만삭의 여인에게 가해진 고문도 있다. 출산이 임박했던 전○○에게 달려온 사람은 산파가 아니었다. 남편이 산파를 데리러 간 사이 군인들이 들이닥쳤고, 수없는 구타가 이어졌다.

"멍석말이가 다 뭐야. 이리 차면 저리 나동그라지고 할 때는 정신 좀 차려진 때야. 하루 만인지 이틀 만인지 살아

났지. 온몸은 멍들어 형편없고. 다 죽은 걸로 알았어. 정신 나서 보니 애기도 있었어. 그러곤 정신을 놓아버렸어. 방은 피로 번번했고 순경들이 나갔어. '사람 죽었다' 소리에 사람들이 달려온 거야." 인근 병원 간호사 출신의 그는 고통 속에서도 병원에 가지 않았다. 부끄러웠다. 간호사로 다녔던 병원 의사들도, 동료들도 볼 수 없었다. 나이 예순 넘어 그제야 병원 엑스레이를 찍었다. 병원에선 함몰된 지 40년 넘은 그녀의 머리를 보며 당시 살아난 것이 기적이라 했다. 집안사람들도 그의 한쪽 눈이 멀었다는 것, 온몸이 상처투성이인 것을 알지 못했다. 절대 말하지 않았다. 마을 팽나무에 임신부를 매달아놓고 학살한 일도 있었다.

남편 잃고 홀로된 여성들이 살아갈 힘은 오로지 자식들이었다. 4·3 시기 어디론가 사라진 남편을 대신해 자식들과 시부모를 모시고 피신을 한 것은 여성들이었다. 그러다 붙잡히면 도피자 가족으로 모진 고문을 겪었다. 행방불명자 가족이 있는 여성들은 주검을 찾지 못했다는 죄책감을 평생 안고 산다. 젊은 남편은 죽고 당신은 아흔 넘게 살아 '미안하다'고 말하는 여인도 있다.

행방불명된 20대 남편이 행여 어디선가 살아 있을지 모른다며 기다리던 가시리의 박내은. 그는 1983년 〈이산가족을 찾습니다〉가 방송되자 제주시 연동에 있는 한 방송사를 찾았다. 혹시 남편이 육지 어딘가에 살아 있어 자신을 찾지 않을까 해서였단다. "이산가족들이 울고불고하는 장면이 텔레비전 나올 때, 혹시 (남편이) 육지로 넘어가 살았으면 그래도 편지라도 할 것인가 해서 오래 찾아보기도 했습니다."

한 여인은 대구형무소에 수용당했다는 남편을 찾아갔지만, 학살당했다는 소식을 들었다. 찾을 길 없는 주검 대신 자신이 갖고 간 옷을 사른 재를 한줌 손수건에 담고 왔다. 두 남동생이 학살된 데 이어, 예비검속으로 어머니와 올케, 어린 조카마저 행방불명됐다는 김순아. 그 역시 가족의 주검을 찾지 못했다는 사실에 괴로워했다. 그는 "친정아버지로 인해 친정 가족 모두 4·3으로 몰살됐다. 그래서 4·3 기사는 빼놓지 않고 읽는다"고 했다. "예전엔 바다에서 헌 고무신짝만 봐도 어머니 생각, 헌 걸레만 봐도 어머니 생각. 이런 꽝(뼈)만 봐져도 어머니 생각나는데 찾지도 못하고. 내가 죄인이야."

육지 출신 경찰의 수양딸로 들어가 평생 자신의 성씨가

바뀌어버린 여인에게도 4·3은 입 밖에조차 내지 못하는 고통이다. 그는 아예 고향땅 제주도를 밟지 않는다. 원망은 자신을 그리 놔둔 오빠에게 향한다. 부모님 호적에서 빠진 채 평생을 살아온 여든 살의 강○○. 사라졌던 아버지는 얼마 뒤 광주형무소에서 죽었다는 소식이 왔다. 그는 부모님이 4·3 때 왜 죽었는지, 70년이 된 지금까지 "여자라서 물어보지도 못했다"고 한다. 아버지가 붙잡혀간 뒤 중산간 마을 봉개동에 살았다는 그의 집에 군복 입은 사람들이 몰려왔다. 그들은 '아들을 내놓으라'며 어머니를 회초리와 몽둥이로 매타작했다. 어머닌 말 못하는 흉내를 내며 맞기만 했다. 이후 열흘간 아무것도 먹지 못했다. "세 살 여동생은 굶어 죽었어. 우리 어머닌 눈물도 하나 안 내고, 묻을 걱정이라. 이 아길 어찌 묻을까. 당(친족)한테 아이를 묻어달라고 사정을 한 모양이라." 갈 곳 없는 그들은 외양간에서 잠을 잤고, 제사도 쇠막에서 했다. 한 번이라도 밥을 먹고 싶었다. 열한 살 그에게 수양딸 삼자고 우도에서 한 엄마가 찾아왔다.

"이 아이를 우릴 줍서. 어머닌 절대 안 된다고 했어. 죽어도 같이 죽자 했어. 막 울었어. '어머니, 나라도 살아야 할 거 아니우꽈. 쌀도 하나 없는데.'" 한 입이라도 덜어야 했다. 그렇게 수양딸로 가 6년을 살았다. 마을 사람들이 말했다. "너희 엄마가 크게 울더라. 그렇게 우는 사람 처음 봤다고 해. 그래서 나는 절대 우도에 (수양딸로) 간 말 안 해. 챙피해서. 물질해서 친정집 세 개 사준 적도 있어." 살아남은 남매의 호적은 부모가 아닌 친척 호적에 남았다. "우린 왜 호적도 못 찾는지, 누군한테 물어야 하는 건가? 우리 아버지는 첫아기를 서른에 났어. 아들도 없는데 (군복 입은 사람들이) 왜 아들을 내놓으라 했는지 물어보고 싶어." 아직도 자발적으로 남의 집에 갔다는 말을 가슴에 묻고 산다는 그가 그런다. "그렇게 곱닥한(고운) 사촌언니도 임신했는데 죽었어. 막 화나지. 죄 없는 사람들을 왜 죽여. 징글징글하지."

엉키고 뒤엉키는 4·3의 광풍을 피해 일본으로 떠난 사람들 가운데는 "좋은 세상이 곧 올 줄 알았다"며 주체적으로 활동했던 여성들도 있다. 오사카에 사는 조은숙은 어려서 본 동네 학살 장면을 잊지 못한다. "그땐 총 맞아 죽는 사람은 행복하겠다"고 생각했다. 또다른 여성은 "학살 모습을 봐선지 꼬챙이에 뀐 고기는 절대 먹지 않는다"고 했다.

정부가 공식적으로 내놓은 〈제주4·3사건 진상조사 보고서〉는 4·3 희생자의 21.3%가 여성임을 밝히고 있다. 이것은 무엇을 의미하는가. 아무런 무장도 하지 않은 여성들이 단지 여성이라는 이유로, 제주섬 거기 있었다는 이유로 희생당했다. 대통곡을 가슴에 묻고, 애도조차 할 수 없었다.

죄 없이 육지 형무소에 갇힌 한 여인은 갓난아이가 죽자 찬 바람 쌩쌩 부는 전남 목포의 한 파출소 빗자루 위에 주검을 올려놓고 왔다고 눈물을 흘린다. 젖이 퉁퉁 불은 수용소의 또다른 젊은 엄마는 "빨갱이 새끼에겐 젖도 주지 말라"는 저주의 목소릴 들었다. 밤엔 산이 무섭고, 낮에는 아래가 무섭다고 울부짖던 젊은 여성들은 4·3의 비극이 "시국 탓"이라 말한다. 국가의 폭력에 희생됐으나 이들은 누구를 원망해야 좋을지도 몰랐다. 이들의 감춰진 목소리는 여전히 4·3 역사에서 제 위치를 찾지 못하고 있다.

꽃 같은 청춘의 생 위에 쏟아진 광풍에 휩쓸려 평생 뒤틀린 삶을 살아야 했던 여인들, 4·3의 가장 가혹한 시간이었던 1948년 11월 중순께부터 1949년 2월까지 키보다 높은 눈을 짐승처럼 헤치며 헤매야 했던 여인들, 아이가 아이를 업고 죽어가던 모습을 눈물 없이 지나쳐야 했던 여성들이 있었다.

기억과의 싸움, 일흔 번의 봄을 넘겼다. 4·3 시기를 살았던 여성들의 사연은 국가 공권력이 무고한 여성들의 인권을 얼마나 철저히 유린했는지, 한 인간의 삶을 송두리째 앗아갔는지를 보여주는 극명한 증거이자 진실이다.

울지 말아요 광주여!

몰랐다. 5월이면 환청에, 환각에, 지우고 싶은 기억으로 이리저리 악몽에 시달리던 해맑은 광주의 소녀들이 있었음을. 쉬쉬 풍문으로 나돌던 말들은 상상 이상이었다. 1980년 5월 광주항쟁의 복판에서 스물셋 여대생의 꿈이 산산 조각났다. 고문과 성폭행. 몰랐다. 마지막 새벽 방송을 했던 김선옥이 언론을 통해 용기 있는 '미투' 고백을 하기 전까진. 그날 이후 삶과 죽음을 넘나들면서도 자신의 삶을 사수하기 위해 그가 하루를 얼마나 견뎌야 했던가를. 보상? 5·18 민주유공자 보상 신청서에 그는 이렇게 적었단다. "내 인생을 보상한다고요? 얼마를 주실 건데요? 무엇으로, 어떻게 내 인생을 보상하려고요? 뭘?"*

38년 걸렸다. 왜 이제인가라고 말할 수 있는 자 누구인가. 언제 우리는, 국가는 그들의 숨은 눈물, 숨죽인 고통에 귀기울여 왔는가. 누군가 5월의 분홍에 취해 있을 때, 사랑과 평화란 우산 아래 행복해할 때, 쪼개진 어린 삶에 눈을 줘봤는가. 그도 모자라 얼마나 은폐하고, 지우고, 왜곡하고, 망각을 강요당해왔던가. 해서, 많이도 닮은 아픔을 건너온 제주4·3도 마음으로 포갠다. 그리도 지척인 거리, 광주의 그날에.

광주민주화운동의 여성 성폭행 문제는 이미 5·18기념재단의 증언 채록 등에서 제기됐다. 하지만 그 또한 우리 사회에 드러낼 수 없었던 시대가 덮어버렸다. 이 대목은 당사자들과 가족들에게 다시 한번 견뎌내야 할, 말할 수 없는 기억들이었던 것이다. 38년 전 저 너머의 시간은 더 그랬다. 편견에 찬 여성성에 대한 이데올로기도 한몫을 했다. 거대한 미투의 물결 앞에 한 여자가 저 홀로 감내해온 지옥 같던 마음의 감옥을 나섰다. 이것은 역사가 됐다.

---

* 〈"고문 뒤 석방 전날 성폭행"…5월항쟁 38년 만의 미투〉, 《한겨레》, 2018. 5. 8.

다시 숨은 목소리들이 나올 것이다.

그런데, 없다. 나오지 않는다. 분명한 것은 피해자는 나왔으나 가해자는 없다. 그 누구도 절대 내가 잘못했다고 나서지 않는 것을 보라. 피해자의 기억이 잘못됐다고 부인하거나 기억이 자연사하기를 바라는 속셈일까. 언제든 누구든 죽을 것이니 무덤까지만 가자고 하는 걸까. 그런데, 타는 5월이 죽지 않는 이상, 타오르는 4월이 죽지 않는 이상, 기억은 절대 사라지지 않는다. 죽지 않는다. 사람은 사라져도 5월은 다시 떠오른다. 모든 것이 사라져도 당대 기록의 역사는 살아 있고, 당대의 증언은 다시 살아서 반드시 책임져야 할 자들을 불러낼 것이기에.

급기야 2018년 2월 국회를 통과한 '5·18민주화운동 진상규명을 위한 특별법' 범위에 성폭력 사건을 명시하도록 하는 특별법 개정안도 발의됐다. 국방부에서는 여성가족부와 협의하며 성폭력 피해자 조사를 진행한다는 입장이다. 기대한다. 그러나 그게 그리 간단하지 않은 일임을 알 것이다. 5·18과 4·3. 끝나지 않는 기억을 갖고 사는 여성들에 대한 접근은 참으로 힘겹고 조심스러운 일이다. 가족과 개개인의 상황들이 다르다. 상처를 들춰내는 일이라 여기기 때문이다. 해서 한걸음한걸음 시간이 필요하다.

그렇다고, 진실을 묻어서도 안 될 일. 그러므로 아주 깊은 관점, 한번 더 어떤 마음으로 대면해야 할까 치열한 고민이 우선돼야 한다. 치유의 방식 또한 그렇다.

그리고 이 문제에 무슨 공소시효가 적용되는가. 이 땅의 양민학살에, 진실규명의 시간에 데드라인이 왜 필요한가. 총상을 당하지 않았다고 희생자가 아닌가. 그것이 당사자들을 다시 침묵하게 하고, 분노하게 하고, 아프게 한다. 진상규명은 물론이다. 국가가 책임을 지고, 배상하고, 가해자를 처벌하고, 살아 있는 동안 지켜줄 수 있어야 한다.

5·18을 하루 앞둔 날, 광주는 그날부터 눈물이다. 눈물이 어찌 마르겠는가. 해마다 5월이면 계엄군들, 자신을 쫓아오는 검은 그림자를 생각해보라. 심각한 트라우마로 삶의 전부를 뒤틀리게 했던, 인간이 인간에게 해선 안 될 국가 폭력이자 인권유린이었다. 이제라도 아무도 달려와 주지 않던 그들의 시간으로 달려가야 한다. 일흔 살 먹은 제주4·3 역시 진행형이다. 아직도 입을 닫은 대목이 있다. 눈물이 마르지 않는다. 그보다 훨씬 젊은 광주는 어찌 마를 것인가. 분명한 것은 이렇게 진실은 반드시 밝혀진다는 것이다. 그 정의의 시간이 서서히 도래하고 있다는 것을 느낀다. 그러한 야만의 세월, 기억과의 사투를 벌여온

그들, 제주 할머니들이 숯 가슴이 된 광주에 늙은 위로를 보낸다. “이젠 울지마라 광주야, 살다보면 살 수 있다, 울지 말아요 광주여!”

100년 전 바다 건넌 제주 세 여자, 그 독립의 불꽃

웃기고 울리는 쌍곡선 끝에 불이 켜졌다. 일제강점기, 우리말을 지켜내기 위해 아슬아슬 전쟁을 벌이던 보통 사람들의 영화 〈말모이〉. 영화를 따라가는데 제주 할머니들이 애잔하게 회상하던 그들의 스승, 세 여자가 떠올랐다. 아득한 저편 그들이 그리던 이들은 바로 3 · 1독립운동에 앞장섰던 강평국(1900~1933), 고수선(1898~1989), 최정숙(1902~1977). 모두 두 살 터울. 공교롭게도 20세기 여명에 나온 이 세 여자. 공통점이 많다.

제주섬에서 여자가 공부한다는 것은 꿈도 못 꾸던 시

절, 모두 신성여학교 1회 졸업생으로 신학문을 위해 바다를 건너 유학을 했고, 모두 의학을 공부했다는 것, 귀향해서는 여성운동에 전념하고 문맹을 퇴치하자며 여성들에게 글을 가르쳤던 헌신의 생이 그렇다.

무엇보다 이들 선각 여성들은 일제에 맞선 3·1독립운동의 중추 역할을 한 경성여고보 제주 3인방이다. 때문에 각기 수감생활, 취조, 가혹한 고문 등을 피할 수 없었다.

우리나라 최초의 여기자 최은희는 이들 3인방에 대해 "그날 밤 제주에서 유학하는 두 남학생이 비밀리 제주 학생 최정숙, 고수선, 강평국을 만나고 갔다"고 기록하고 있다. 또한 경성여고보는 남학생의 연락으로 기숙생 전원 70명이 5일 새벽 사감의 눈을 피해 남대문역 앞으로 나가 데모에 참가했고, 그날 강평국 등 검속된 이들과 함께 있었음을 그의 저서를 통해 밝혔다.

격한 근현대사를 넘고 넘어서 투옥되기도 했던 최정숙은 종교인으로, 의술을 함께 베풀던 교육자의 삶을 살았으며 누구도 피하지 못했던 4·3 시기에는 고초를 겪기도 했다. 그럼에도 최초의 여성 교육감 자리에 오르기도 했다. 제주 1호 여의사였던 고수선은 여성 인권운동과 사회운동, 복지사업 등을 전개했으며, 제주 여성 최초로 국회의원에 출마 기록을 세웠던 인물. 이들 최정숙과 고수선은 독립운동가로 서훈을 받았다.

이들 가운데 독립운동가로 서훈을 받지 못한 독립의 불꽃은 강평국이다. 그럼에도 그는 유일하게 아직까지 서훈을 받지 못했다. 3·1운동에 주도적 역할을 했던 그는 일본 국가를 부르며 졸업식에 참석하는 것은 치욕이라 생각해 졸업식에 참석하지 않고 귀향한다. 그러면서 여성들이 교육을 받을 수 있는 장을 만들었다. “여자도 배워야 한다”며 탕건 망건 양태 짜던 아이들을 집집마다 찾아다니며 부모를 설득, 배움의 길로 이끌었다.

제주 최초의 여교사였고, 최초의 해외 유학생이었던 강평국. 그는 제주와 전라도의 교사로 활동하는 동안 우리말, 역사를 가르쳤다는 이유로 투옥됐고, 경찰의 요주의 인물이었다. 일본 동경여의전에 다니며 독립 자금을 모으는 등 항일운동을 했고, 근우회(槿友會)의 도쿄지회 임원으로도 일했으나 결국엔 병을 얻고 고향에 스며들었다. 당시 나이 서른세 살, 그는 끝내 조국의 광복을 맞이할 수 없었다.

“공부하다 졸음이 오면 대한독립을 속으로 외쳐라.” 제자들에게 그렇게 말했다던 개화기 신여성 강평국. 그는 또한 여권 운동가이기도 했다. "왜 남자는 첩을 몇 명이나 둬도 아무 말이 없는데 여자는 한 번 개가하기만 해도 수군덕거리느냐. 도대체 이런 사회가 있을 법한 일이냐. 뭔가 크게 잘못됐다"며 개탄했다. 여성 필진이 드물던 1925년, 강평국은 시대를 향해 날카로운 필치로 발언하기도 했다. 《동아일보》에 '여자 해방을 위한 잡감'이란 제목으로 연재했던 그의 첫 문장은 "최형! 과거의 역사는 여자가 남자의 노예다, 함을 의미한 것에 지나지 아니합니다. 그것이 오늘날의 도덕을 아니 법률을 작성하였다고 말해도 과언이 아니지 않을까 합니다"로 시작한다.

1981년, 팔순을 넘긴 할머니가 된 제자들과 지인들이 서운함을 누르고 기억하자며 일찍 떠난 이 스승을 기렸다. "슬프다 시대의 선각자요, 여성의 등불인……"으로 시작되는 '아가다 강평국 선생 추모비'를 세웠다. 국가가 할 일이었다.

오로지 독립이 화두였고, 격류의 생을 살다간 그는 아직도 재조명을 받지 못하고 있다. 왜 그럴까. 미혼이던 그에겐 후손이 없었다. 무엇보다 과거사 정리와 후대의 조명이 희미했기 때문이리. 부끄럽고, 부끄러운 일이다.

3·1독립운동 100년인 2019년. 과연 시대는 얼마나

진보했는가. 과연 이들 섬의 한계를 벗어나려 몸부림쳤던 세 여자의 그 시대로부터 얼마나 나아갔는가. 빼앗겼던 시대, 말과 글을 찾으려 움직였던 보통 사람들처럼 이름 없이 묻힌 여성독립운동가가 얼마나 많은가. 여성들의 기록은 남성에 비해 발굴이 어렵다. 그들의 이름으로부터 우린 빚을 지고 있다. 역사의 이름들을 되찾고 기억하고 기록하지 않는 한 역사는 진전되지 않는다. 어느 해보다 정부의 적극적 의지가 필요한 일. 강평국. 100년 만에 그의 고향 모교 동문 등에서도, 독립운동가 서훈 신청을 했다는 소식이 들린다. 하여 바란다. 그와 더불어 묻힌 여성독립운동가의 이름들이 비로소 이 땅, 저 땅에서 100년 만에 호명되기를!

'와랑와랑'이란 말

움직임도 아니고 음악도 아니고 어떤 절규도 아닌 말. 기억하겠나. 할머니와 어머닌 이 말을 참 많이 사랑하셨지. 이 말 안에는 모든 여인들의 손과 발이, 얼굴에 흘러내리는 땀방울이, 펄떡펄떡 끓는 한여름의 가마솥 열기 같은 강렬함이 솟아나는 거야. 뿐인줄 아나. 한낮의 불볕 아래 조이삭처럼 고개 숙여 조를 베던 여인들과 그 가족들의 노동도 떠오르지.

아니, 아니지. 내 한밤은 잠이 오지 않는다는 거야. 아름다운 바닷가 마을 화옥이 할머니를 기억하지. 내 30대의 기자 시절 만난 할머니. 뜨거운 한낮의 하귀리 파란색 양철지붕 아래는 검은 해녀복이 늘 걸려 있었어. 가끔은 갓 물에서 나온 모습인 채 걸쳐 있기도 했어.

와랑와랑. 그녀가 말했어. 그해 겨울 배 타고 떠난 남편을 찾아서 안 다녀본 곳이 없었다지. 끝내 남편을 찾았어. 목포형무소에서 전갈이 온 거야. 스물일곱 젊은 여자 홀로 배를 타고 떠났어. 그냥 아무 생각이 나지 않았다지. 그저 남편의 시신을 이리 모셔오는 것만이 임무였다지. 떠났어. 화옥이 할머니. 형체도 바르지 않은 남편의 시신을 찾았어. 누구 힘도 빌리지 않고 남편의 시신을 수습했어. 아무 눈물이 나지 않왔어. 그저 배에 싣고 오는 거야. 근데 한밤에도 그 생각만 하면 가슴이 화닥화닥 불이 나는 거야. 와랑와랑 바다로 갔어. 몸을 식히고 오는 거야.

고사리 할머니를 기억하지. 고사리철이야. 제주 중산간 집도 없는 길에서 고사리 한 짐 지고 나오는 할머니를 만났어. 할머니를 내 차에 태웠어. 집까지 모셔드렸어. 할 일 없던 나는 할머니와 이런저런 인생사를 나눴어. 할머니의 고백을 들었던 거야. 4·3 초토화의 계절. 계곡으로 토벌대를 피해 도망치다 급기야 죽은 아기를 낳고는 핏물 흥건한 갈옷을 입은 채 도망쳐야 했다는 사연. 어느 한밤 죄스러운 마음에 잠을 못 이룬다는 그 여인의 고백을 그날 들어야 했어. 할머니의 눈을 나는 똑바로 볼 수 없었어. 고사리는 이미 삶아지고 있었고, 김인지 눈물인지 모를 연기 속에 우린 있었으니까. 왜 떠오르나 몰라. 그해 눈 덮인 벌판 위를 아기 업고 안고 필사적으로 이리저리 달리던 여인들의 젖은 등허리가. 내 가슴도 와랑와랑이야.

가장 고통스럽고, 가장 덜컥거리는 순간 숨이 멈춰버릴 것 같은 순간 무엇인가 결행을 위한 부추김, 그러한 동작의 이름 와랑와랑. 그 시절, 아니 굽이굽이 삶의 길 위에서 어느 한순간, 와랑와랑 아니었던 이 어디 있을까.

3장

전쟁이 남긴 노래

그 시절, 당신들의 "왁왁"

검푸른 새벽, 바람 부는 바다를 걷는다. 제주 바다는 검고, 시퍼렇고, 새파랗고, 때론 분홍이다. 바다의 밀물과 썰물 속에서 나는 내 땅의 시간을 산다. 어느 날은 섬의 삶이고, 어느 날은 도시의 삶 같기도 한 시간이 여기 있다. 섬의 바람은 운명을 가른다. 밀물이 밀려올 때 동풍이 파도를 일으키듯 섬의 운명을 가른 건 바람이었다. 그 독한 바람이 이한 시절의 색조를 까맣게 만들어 놓고 말았다. 하여, 제주 사람들이 즐겨 쓰는 '왁왁'도 그렇게 태어난 것은 아닐까.

마을은 온통 불바다였어. 쫓고 쫓기며 사람들 죽는 거 많이도 봤어. 살아남아야 했어. 일본서 올 때 가져왔던 옷감이랑 물건을 눌(농작물 또는 짚이나 땔감 등을 동그랗게 쌓아 놓은 낟가리) 속에 감춰 놓았어. 그것까지 다 파가버리고 말았더군. 정말 왁왁했어. 겨우 정신 차려 남편, 시아버지, 시동생들 시신을 다 거뒀어. 왁왁허다고 그냥 있으면 어쩔 거야. 아이가 철없이 돌아다녔어. 눈물이 났어. 슬퍼할 새가 없었어. 그래도 자식들 밥을 먹여야 하는데. 무슨 정신이었는지 몰라. 북촌은 살 데가 아니었어.

그 시절은 정말 왁왁이야. 동편을 봐도 서편을 봐도 왁왁이야. 나를 붙들어버린 말. 하얗게 보이기도 하고, 까맣게 보이기도 하고, 보여도 보이지 않는 것. 심장도, 눈도, 머리도, 귀도 왁왁. "귀눈이 왁왁." 그런 것이죠. 그 시절의 모든 것을 포함하는 쓸모의 말 한마디, 캄캄하고 깜깜한 어둠과는 사뭇 다른 어둠에 대한 이 한 마디. 단 하나의 부사, 왁왁이죠. 어느 벼랑에 선 순간 나를 덮친 말이기도 하죠. 하늘도 바다도 캄캄, 한 치 앞도 안 보이던 4·3 그 시절, 섬을 휩쓴 미친 바람에 휩쓸렸던 제주사람들이 즐겨 쓰던 말씀. 아득한 가슴을 헤치며 오장엣 것 토하듯 입술 근육에 힘을 줘야 나오는, 너무나 기가 막힌 말씀이죠.

4·3 와중에 아이를 낳았어요. 참 잘난 아이였는데 마누라(볼거리, 홍역을 가리키는 제주도 방언)하다 죽어불고, "어멍 죽어부난 이리 도망치고 저리 도망치고 허다가 죽어버렸대요." 올해 여든다섯 김 할머니. 우리 동네서 그저 한 마음으로 살았는데. "눈이 왁왁하고 귀가 막혀 마씀. 우리 오빠 나이 사람 보이면 우리 오빠가 아닌가. 옛날엔 텔레비전에서 '잃어버린 사람들 찾습니다' 하니깐 우리 오빠도 살았으면 저

렇게라도 찾아볼 텐데. 시체도 못 찾고. 인천형무소에서 병나 돌아가셨답니다." 그런 이의 왁왁.

감옥 갔다 왔더니 뭐라 하는 줄 아시나요? "저 아인 감옥에 갔다 왔주게." 수군수군거리는 겁니다. 해녀 모집 물질하러 가는 도장을 찍었는데 그것이 남로당 가입 도장으로 해버리니까 인생 완전히 종쳤어요. 난 그냥 왁왁. 열일곱 살에 들어가서 열여덟 해 그물어 갈 때니까 열아홉 스물까지 살았어요. 스물하나 되어가니 여자가 늙는다고 해서 결혼했어요. 부모넨 뭐라 안 해도 내가 그 전과 때문에 졸바로(똑바로) 말하지도 못 했어요. 빨갱이여 뭐여 했어요. 오죽 옛날인가요. 그땐 우리 시절에 여남은 살 때 계집아이들 공부시켜 뭐해 일이나 시키주. 이럴 때. 얼마나 왁왁했던 때인 줄 아시나요.

어두워지는 줄도 모르고 김매던 시절 글 모르고 세상 모르니 왁왁, 이리저리 도망칠 때도 왁왁. 배고파 왁왁. 태어나면서도 무서워 울지 않았다던 어느 아기의 운명도 왁왁이었으리. 열 살 아들을 쏘았던 그 순간 천지가 왁왁했다던 중산간 어머니, 아들 죽고 자신은 살아남았다며 자책하던 그 어머니를 기억한다.

그렇게 당신이 왁왁하던 순간, 새벽마다 보리밭으로 나가 밭 속에서 통곡했다던 고 할머니와 그 시절 사람들을 기억하고 싶다. 피범벅의 오빠를 업고 당차게 달리던 스무 살 해녀의 그 선연하고 단단한 삶을 기억하고 싶다. 왁왁한 절망 속에서도 일상의 미소로 살아내고 있는 그 사람들을 기억한다. 해서, 그날 살아남은 이들이 먼저 간 그들에게 건네고 싶은 말씀 있죠. 왁왁한 눈안개를 걷어내고, 이젠 혼령들도 왁왁한 무덤에서 그만 걸어나오시게 해야지요. 그러니 불지옥, 그 시절을 눈보라처럼 헤쳐온 당신들의 '왁왁'은 우리 인생에 벼락처럼 덮치는 어떤 어둠을 한마디로 무너지게 하는 언어가 아닐까.

미안해요

베트남

케테 콜비츠의 조각상 〈피에타: 죽은 아들과 어머니(Pietä: Mutter mit totem)〉를 만난 건 몇 해 전 일본 오키나와의 사키마미술관에서였다. 극적 비애가 거기, 슬픔의 극점이 거기 있었다. 죽은 아기를 품고 죽도록 견디는 여인의 눈을 나는 마주할 수 없었다. 왜 전쟁엔 피에타가 존재하는가.

제주 강정마을을 찾는 사람들은 이제 이곳을 반드시 찾는다. 2017년 베트남전 42주기를 맞아 한베평화재단이 성프란치스코평화센터 한쪽에 세운 베트남 피에타 동상.

한국군에 학살된 어머니와 어린 아기를 형상화한 이 동상 앞에서 잠시 멈춘다. 우리에겐 지금까지 마음 한구석을 짓누르고 있는 역사 베트남전쟁이 있다. 해서, 베트남 피에타는 한국인의 책임을 묻고 반성과 성찰을 하자는 의미다.

우리의 피에타가 어디 이뿐이랴. 아이를 가슴에 묻은 엄마의 모습은 측량할 길 없는 고통이다. 창자가 끊어지는 아픔을 어떻게 헤아리리. 베트남의 자장가를 생각하며 피에타를 대할 때면 왜 '비설(飛雪)'이 겹쳐지는 걸까. 제주시 봉개동 거친오름 자락 제주4·3평화공원의 조각상 '비설.' "웡이 자랑 웡이 자랑 우리 아기 자는 소리……." 이 제주의 자장가가 새겨진 구불구불 돌담길을 돌면 슬픈 모녀상을 만나게 된다. 눈이 팡팡 쏟아지던 1949년 1월 초토화의 겨울, 거친오름 기슭에서 토벌대를 피해 도망치다 죽은 스물다섯 젊은 엄마 변병옥이 두 살배기 딸을 품고 눈 위에서 죽어간 진실을 형상화한 작품이다.

전쟁 속에서 가장 고통받는 이는 아마도 어머니일 것이다. 자식의 죽음을 껴안아야 했던 어머니. 아이에게 이름도 주지 못했다고 자책하는 늙은 어머니를 만난다. 죽은 아이를 위해 물 한 그릇 올려놓는다는 그들을 만난다.

"어떤 어머니는 자녀 9명이 다 죽었어요. 제가 그런 상황이었다면 아마 살아남지 못했을 겁니다. 한데 그 죽은 자식들을 기억하기 위해 살아나신 게 아닌가 해요. 베트남에서는 향 연기라는 것이 있는데, 죽은 사람을 위한 향을 피우기 위해 어머니가 살아남았다고 생각합니다." 10대 소녀 시절 전쟁을 살았던 겁 없는 여자. 베트남의 종군작가인 레민퀘를 만났을 때 그가 한 말이다.

물론 피에타의 내용은 조금씩 다르다. 그러나 본질은 하나 아니겠는가. 피에타는 저항하고, 견디고, 아픔을 어루만지고, 슬픔의 강을 건널 수 있게 손을 잡아주는 어머니의 얼굴이다. 이 땅의 도처에서 피에타를 본다. 세월호에서도, 5월 광주에서도, 6월 민주화운동으로 스러진 자식을 품은 어머니에게서도. 피에타는 진실과 정의, 평화란 무엇이냐고 묻는다.

비로소 정부에 바라는 피에타의 목소리가 들린다. 한베평화재단은 얼마 전 기자회견을 열어 새 정부가 정의롭게 이 문제를 해결해줄 것을 촉구했다. 한국 시민사회는 이미 1999년부터 '미안해요 베트남' 운동을 벌여왔다. 한국군의 베트남 민간인 학살에 대한 진상규명과 베트남에 대한 사죄 운동이다. 이 문제를 미래 세대의 숙제로 남기지 않고 해결하기 바라는 청소년들의 목소리까지 나왔다. 이제 기행의 경험이 많아진 청소년들은 역사책에서 배우지 못한 참혹한 사실을 현지에서 날것으로 품고 온다. 아이들은 말한다. 평화는 미안하다고 말하는 것부터 시작돼야 한다고.

10여 년 전, 베트남 예술인과의 문화교류 때 그곳 예술인들이 희망한 것도 하나였다. 베트남과 한국이 공유할 수 있는 두 단어, 하나는 진실이고 또 하나는 평화라는 것. 아픈 과거사 해결 문제를 앞에 놓은 우리가 또한 넘어서야 할 산인 것이다. 진정한 사과 후에 베트남 피에타를 베트남에 세워야 할 일 말이다. 끝내는 피에타가 세워지지 않아도 될 세상. 이 땅의 피에타를 위하여!

베트남의 그 소리, '아맙'처럼

"어찌하면 아주 적은 양식으로 아주 적은 희망으로
그리고 아주 많은 약속으로 살 수 있을까?
(중략)
우리 둘은 서로의 숨을 가두고,
서로의 꿈을 숨기고,
마지막 한 알의 감자를 나누고,
마지막 대롱주를 나누고,
잎새 위에 마지막 달빛 한 움큼을 모으네…….

과거를 향해 가파르게 불고 미래를 향해 매끄럽게 부네."*

풀피리처럼 가녀린 그 악기가 내던 떨림을 기억한다. 그건 깊은 순수의 소리였다. 베트남의 산간 마을 소수민족인 꼬레족 두 여인. 아맙이라니. 보리피리가 떠오르는, 그렇게 가느다란 한줄기 대롱의 끝과 끝을 물고 있었다. 30센티미터 정도의 아맙나무 대롱 줄기를. 두 여인은 들숨과 날숨으로 대롱을 통해 소리를 내고 있었다. 인간과 자연, 맺힌 가슴과 가슴을 풀어내는 소리. 숨과 숨이 만나 하나로 흐르고 있었다. 한 호흡도 놓쳐선 나올 수 없다는 소리. 세상에서 처음 경험하는 음악이었다.

2008년 4·3 60주년을 기념해 우린 베트남 꽝응아이성으로 갔다. 그곳 예술인들과 제주민예총과의 첫 교류였다. 베트남 소수민족의 그 음악을 처음 들었던지 그 나라 관료들도 기립, 뜨겁게 환호작약 박수를 보냈던 것을 기억한다. 일찍이 한국은 베트남에 어떤 존재였던가. 베트남전에 대해 한국은 그들에게 어떤 사과를 했던가. 우리는

* 탄타오, 〈아맙나팔을 부는 두 여자〉, 구수정 옮김

안으로부터 나오는 깊은 미안함과 죄스러움을 간직한 채 그들과 얽혔던 아픈 역사의 현장을 둘러봤고, 예술로 교감을 나눴다.

다음해 우리는 그들을 제주로 초청했다. 그들이 베트남을 떠난 첫 바깥 무대였다. 제주에 도착하는 순간부터 낯선 풍광과 음식에 시종 머뭇거리던 그들이었다. 하지만 그들은 내내 미소를 머금고 있었다.

소규모 공연장이었지만 객석은 아맙 공연이 시작되자마자 순식간에 매료되고 말았다. 아맙. 소녀들이 밭에 나가 일할 때가 되면 어머니가 이 소리를 가르쳤다 했다. 가슴속 서리서리 맺힌 것들을 풀어내라고. 아맙을 불면 그 순간 슬픔도 사라지고 고단함도 잊게 된다고.

제주에도 노동요가 있다. 밭 노동을 하는 여인들은 '검질매는 소리'를 불렀고, 남자들은 '밭 가는 소리'를 불렀다. 어머니의 소리, 아버지의 소리를 따라서 그 자식들은 퍅퍅한 화산회토의 대지를 일궜다. 그러다보면 알게 모르게 맺힌 간장(肝腸) 돌고 돌아 시원해진다 했다. 치유하고 녹이고 이어줬던 그 따스한 선율 베트남의 아맙처럼. 그건 힘든 노동을 넘어서 달래주던 어머니의 가슴 깊은 소리다.

이따금 나는 내가 아는 지상에서 가장 작고 따뜻한 자

연이 내는 그 소리, 아맙을 떠올린다. 그리고 믿는다. 우리로 인해 상처받고 오래도록 고통받는, 그러므로 아직도 우리가 녹여줘야 할 그 땅 베트남의 상처도 아맙 대롱을 타고 흘러 우리들의 숨이 불어넣어져 녹여지기를. 모든 전쟁과 갈등, 분단의 아픔도 그렇게 흐를 수 있기를. 이렇게 작은 감동, 마음을 움직이게 하는 보이지 않는 여린 소리들이 단단한 얼음을 녹여주는 뜨거움이 될지 어떻게 알겠는가.

베드조 운퉁,

한 인권운동가의 눈

그는 당시 열일곱 살에 체포, 심문, 구금됐다. 재판도 없이 인도네시아 자카르타의 형무소와 노동교화소에서 9년 동안 수감생활. 생존을 위해 들쥐, 달팽이, 꾸물거리는 것들까지 잡아먹어야 했다. 교사였던 그의 아버지도 투옥 14년간을 감옥에서 보낸다. 그들은 비위생적인 수용소에서 노예처럼 노역을 해야 했다. 1965년 인도네시아 군부가 저지른, 50만~300만 명의 희생을 가져온 대학살 시기였다. 그는 감옥에서 한 권의 사전으로 영어를 습득했으며, 상상력으로 종이 위에 건반을 그려 피아노를 배웠다.

출소 후엔 피아노 방문교사를 하는 것이 업이 됐다. 그에겐 오랫동안 자유가 없었다.

"무엇보다 이 자리에서 자유롭게 제 감정을 말할 수 있어 행복합니다." 지난해 한국의 '진실의힘 인권상' 수상자이기도 한 인도네시아 제노사이드의 희생자이자 생존자인 YPKP65(인도네시아 대학살 희생자 조사를 위한 재단) 대표 베드조 운퉁. 그가 얼마 전 '제주4·3, 진실과 정의'를 주제로 제주4·3기념사업위원회가 주최하고 제주4·3연구소가 주관한 국제 컨퍼런스에 참가했다.

그는 지금도 군부 종식이 되지 않은 상황을 사는 인도네시아의 고통과 폭력의 희생자들을 떠올렸다. 파묻힌 과거사의 진실이 드러나고 기억되어야 평화를 지킬 수 있다. 허나 자기 땅 위에서 무슨 일이 있었는지 젊은 세대는 잘 모른다. 그것을 기억하게 하는 일. 그들이 할 일이라고 했다.

태풍 콩레이의 전조로 바람과 함께 제주에 온 그는 시종 활달했으나 무거운 마음을 숨길 수 없어 했다. 그가 제주로 향하던 날에도 인도네시아는 신음하고 있었다. 강진과 쓰나미로 엄청난 인명피해를 입고 폐허가 된 술라웨시섬 팔루 지역 역시 65년 대학살 때 수천 명이 죽어간 곳이라 했다. “지금의 상황은 65년 상황보다 힘듭니다. 당시는 희생자들이 사람에 의해 당했지만, 지금은 자연에 당한 것이어서 손쓸 수 없는 느낌이지요. 다른 점은 65년에는 희생자에게 도움을 주려면 그 사람도 억압받았는데, 지금은 도움줄 수 있다는 점이 달라졌다는 것이죠.”

진실을 밝히기 위해 늘 새벽이면 운동을 하면서 강하게 살아남아야 했다는 이 노(老)인권운동가. 그는 이 시대, 통일을 위해 노력하는 한국에 깊은 감명을 받았다 했다. 뼈아픈 잔재를 딛고 인도네시아에서 열린 아시안게임에 한반도기를 들고 남북단일팀으로 임하는 모습, 자국의 의지로 각자의 운명을 결정하는 모습이 그랬다. 해서 인도네시아 정부에 인권침해 문제 해결을 촉구할 수 있도록 연대해주기를 바랐다. 냉전 시기 희생된 제주4·3의 참극과 인도네시아 참극이 있고, 그것에 대해 미국의 책임을 물어야 한다고도 했다. “진실은 밝혀져야 하고, 정의는 바로 서야 하며, 화해는 그 다음입니다.”

인도네시아, 캄보디아, 오키나와, 대만 등 과거사 상처를 입은 땅의 사람들이 진실과 정의를 놓고 뜨겁게 공유하고 공감하는 시간, 평화를 위한 연대를 하는 시간이었다. 정부의 과거사 극복 문제에 너무 시간을 쓰는 것 아니냐는 말도 나온다. 허나, 과거사는 과거가 아닌 현재의 역사이며 맞이해야 할 미래의 거울이다.

한바탕 태풍이 지난 제주 바다는 서럽도록 아름답다. 4·3으로 주저앉은 황폐한 땅을 끝내 아름다운 꽃으로 피워낸 섬. 멸절된 기억을 안고 죽은 이들을 대신해 홀로된 어머니와 생존자들이 일으켜세운 땅. 아픈 과거사를 품고 있는 바다 앞에서 한 참가자가 남기고 간 말이 맴돈다. "바다는 역사가 있어 아름답습니다."

오키나와 아카섬에서 아리랑을 부르는 두 할머니

섬은 따가웠다. 한반도를 치는 폭염처럼. 초여름 사흘 동안 나는 그 섬에 있었다. 오키나와 본토에서 배로 두 시간여 가면 나타나는 조막만 한 섬. 에메랄드 물빛이 너무 고와 용궁섬·산호섬으로 불리는 아카지마(아카섬). 나무도 땅도 신의 것이라며 외지인에게 대개 땅을 팔지 않는다는, 300여 주민이 오밀조밀 살아가는 세계적인 산호섬. 3번째 방문길이었다. 이 섬에서 억울하게 희생된 조선인 군부와 일본군 위안부 피해 조선인 여성들의 영혼을 달래는 위령제가 있었고, 그 자리에서 추모시를 올리기 위해서였다.

팔순의 신죠 요시코 할머니가 부르는 우리 노래 〈아리랑〉을 듣는다. 옛날엔 비만 오면 휩쓸리던 모래 언덕이었을 아리랑 고개에서. 소리는 낭랑하나 아리다.

이 섬에서 조선인 위안부 7인이 통곡의 시간을 살았다. 1944년 11월 경상도에서 연행돼온 스물여덟 엄마에서 열여덟 소녀까지. 여인들은 틈나면 울며울며 언덕배기 고개에서 아리랑을 불렀다. 그로부터 그 고개엔 비린 아리랑이 너울진다.

오키나와전의 시작점 아카섬. 1944년 11월, 조선인 소녀와 여성 등 7명이 아카섬에 일본군 위안부로 연행됐다. 그리고 1945년 3월 26일 오전 8시 4분, 이 섬에 미군이 상륙하면서 '철의 폭풍' 오키나와전이 시작됐다. 이 전쟁 통에 7명 가운데 6명이 목숨을 잃었다.

뿐인가. 전쟁에 강제 연행됐던 조선인 군부들 역시 억울하게 이 섬에서 학살됐다. 오키나와전 점령 제1호가 된 섬. 와중에 제주도도 결7호 작전으로 휘청이지 않았던가.

이 섬엔 두 고령의 할머니가 그 시절 조선의 여인들을 기억하며 증언한다. 어린 시절 아리랑을 그녀들에게 배웠다던 신조 요시코 할머니.

당시 초등학교 4학년, 10대 소녀 신조의 집은 조선 여인들의 위안소인 빨간 지붕 '남풍장'과 가까웠다. "어른들이 가지 말라고 했지만, 자꾸 그 집에 갔어요. 그 언니들에게서 노래를 배웠어요. 〈아리랑〉을 부르면 잘한다잘한다 했어요. 어른들은 '조센삐, 조센삐' 그렇게 불렀어요. 같은 여자로서 너무 슬픈 일이지요. 그건 정말 야만적인 일이지요."

가네시마 할머니, 당시 스무 살. 그녀들에게 밥을 해주기도 했다는 그녀. "제일 큰 언니가 스물여덟 살, 제일 작은 이가 일본말도 모르는 열여덟 살이었지요. 아이를 고향에 둔 사람도 있었습니다." 그는 잊을 수 없다. 마치코, 아케미……. 나물 섞은 기름 된장으로 볶음밥을 해 먹던, 언제 돌아갈 수 있을까 고향 생각에 술 마시며 통곡하던, 돈 벌기 위해 일하러 가는 줄 알았는데 위안소로 끌려왔다던 그녀들을.

동질의 통증을 느껴서일까. 이러한 이야기를 후세에 들려주는 것 자체가 마음의 짐 하나를 내려놓는 기분이 든다고 했다.

섬의 저 붉은 정열덩이 히비스커스의 혀에도 여인들의 겹질린 눈동자가 묻어 있다. 그들의 마지막 절규는, 그들의 마지막 노래는 어찌 우리가 기억하지?

"아리랑 고개 꽉 움켜쥔 저 억새처럼 견디고 견딘다면/ 돌아갈 수 있는 거지요, 어머니"*

아무래도 저 아카지마 고운 물색은 저린 비명이다. 아카섬에서 부르는 아리랑은 깊은 통증이다. 한 번뿐인 인생을 꽉 틀어막아버렸던 이 땅의 여인들의 목소리다.

아카섬에 사는 두 일본 할머니들의 증언을 세상에 알린 이는 제주를 사랑하는 일본의 한라산회 고문인 평화운동가 나가타 이사무다. 8년 전부터 현장을 조사해온 그는 사명처럼 서러운 조선의 넋들을 위한 위령제와 아리랑 음악제를 연다. 그는 제주4·3과 오키나와 3·26전쟁은 어떻게 '평화'를 지키고, 역사적 과제를 헤쳐나가야 할지를 보여준다 했다. 그는 배봉기 할머니가 "보상이 아니라 진실을 인정하는 것만이 진정한 사과 아닌가. 왜 일본 정부가 진실을 알려 하지 않고, 알리려고도 하지 않느냐"고 하던 말씀을 잊지 못한다고 했다. 그러니 배상과 위령의 문제도 필요하지 않느냐는 것이다.

1991년 한국에서 고 김학순(1924~1997) 할머니가 처음

* 허영선, 〈아카섬의 조선인 위안부를 위한 노래〉

공개 증언을 했고, 그보다 16년 전 오키나와에서 방황하며 쓸쓸하게 살다간 고 배봉기(1914~1991) 할머니가 일본에서 최초로 자신이 위안부였음을 밝혔다.* 이 역사적인 용기는 이젠 역사가 됐다.

섬의 까마귀가 절규하듯 하늘과 바다를 베고 있었다. 일본과 한국에서 간 일행이 불볕 속에 하얀 집으로 바뀐 '남풍장'을 지나 '아리랑 고개'로 향했다. 조선의 여인들이 김매며 〈아리랑〉을 불렀다던 그 슬픈 언덕. 나지막한 목소리로 〈아리랑〉을 부르던 신조 요시코 할머니가 끝내 눈물을 쏟았다. 제주에서 간 안복자 명창의 처연한 〈아리랑〉을 함께 따라 부를 때였다.

돌아오는 길, 이 일본 할머니는 그 여인들의 이야기를 증언하는 것만으로도 마음의 부채를 내려놓는 기분이라고 했다. 8월 14일은 세계 각지의 일본군 위안부 피해자를 기리기 위한 '일본군 '위안부' 피해자 기림의 날'이다. 아카섬 아리랑 고개에도, 그리고 다른 곳에도 그 역사를 기리는 비 하나 우리 손으로 세울 수 없을까. 일본의 사죄

---

* 〈"우리가 잊어버린 최초의 위안부 증언자…… 그 이름, 배봉기"〉, 《한겨레》, 2015. 8. 7.

는 왜 이리 어려운가. 이제 위안부 피해 생존자는 모두 23명. 평균 91세. 유언처럼 그들은 단 하나, 사죄를 원한다. 유한한 삶, 왜 모를까. 결국 사죄하지 못한 책임은 후대까지 갈 것임을, 100년이 돼도 계속 그 책임을 물을 것임을.

지금도 끝없이 진행되는 이 문제, 피해자와 민간단체, 국제적 요구가 뜨겁고 뜨거운 한일 위안부 문제의 결론은 어디인가. 왜 풀 수 없는가. 정녕 중요한 건 당사자들 마음이다. 바로 지금 유엔까지 직접 찾아간 아흔 살의 위안부 피해자 김복동 할머니가 그러지 않는가. "바라는 건 보상보다 일본 정부의 공식 사과"라고 말이다. 정말 다시 바란다. 그리해서 맺힌 가슴을 조금 풀어주기를. 이들 겨우 살아남은 기억 박물관들이 사라지기 전에.

꽃으로도 전쟁이 될까요

청초했다. 코발트블루의 물빛. 얼마 전 나는 그 섬에 있었다. 오키나와의 작은 섬 아카지마와 요나구니. 술 마시면 아리랑을 불렀다던 조선의 스무 살 여인. 그 여인들이 울고 넘던 아리랑 고개를 걷고 걸었다. 가슴은 저렸으나 바다는 눈부셨고, 평화로웠다. 제주바당처럼. 그들이 '히메유리'라고 부르는 백합꽃이 떼 지어 고개를 그 바다로 돌리고 있었다. 백합소녀를 상징하는 이 꽃은 오키나와 전쟁 중에 죽어간 학생들을 떠오르게 하는 꽃이다.

닮아도 너무 닮았다. 이미 많이 알려졌듯이, 오키나와

와 제주도는 겉과 속이 많이 닮았다. 매혹적인 두 섬의 자연과 비극의 역사가 그렇다. 엄청난 희생을 몰고 온 오키나와전. 그로 인한 점령과 미군기지 문제로 아물지 않은 오키나와. 4·3과 강정 해군기지 문제로 아직도 끝나지 않은 싸움을 벌이고 있는 제주도의 오늘까지. 오키나와와 제주도는 연결된다.

오키나와엔 그 비극의 역사를 평화교육으로 바꾸자고 하는 실천적인 작가 메도루마 슌이 있다. 우리말로 번역된 그의 저서《오키나와의 눈물》에서 그는 묻는다. 일본인들이 '평화'를 누리고 있다고 확신하고 있던 '전후(戰後)'는 어떠한 희생으로 이뤄진 것이냐고. 이러한 반성이 대다수의 일본인들에게는 결여돼 있다고 말하는 작가. 조선인 학살과 위안부 문제에 대해 묵과하지 말고 진실규명을 해야 한다는 것이 그의 시선이다.

60년생인 그는 전쟁을 체험하지 않았지만 그의 작가의 길을 처음부터 결박한 것은 비명으로 휘덮인 오키나와 현대사였고, 그 전투 속의 가족사다. 수용소 미군 트럭에 실려 남부 지역으로 끌려간 할아버지는 여기저기 부패한 채 부풀어오른 시체들을 모아 트럭으로 옮겨가서 묻는 작업을 온종일 했다. 열네 살이었던 그의 아버지는 할머니에게 반발해 집을 나가 전투에 참가했고, 소년 패잔병이 돼 집으로 돌아온다. 몇 달 후, 전쟁과 천황에 대한 생각이 그때야 크게 달라졌음을 깨닫게 된다.

그가 어렸을 때 아버지는 "교육은 인간의 마음을 바꿀 수 있다. 아이들에게는 올바른 평화교육을 해 영원히 전쟁이 없는 나라로 만들었으면 좋겠다"고 어머니에게 늘 말씀하셨단다.

오키나와전 때, 제자를 전장으로 보내 죽게 한 것에 대한 양심의 가책은 당연했기에 전후 오키나와의 교사들이 평화교육에 열심이었던 것은 사실이란다. 해서, 히메유리 학도대 등 전쟁터에서 살아남은 학생들 중 교사가 된 이들은 아주 특별한 마음으로 평화의 소중함을 학생들에게 가르쳤을 거라고 생각한다.

전쟁의 고통과 기억을 넘어서기 위한 작업으로 다음 세대를 위해 우리가 할 것은 평화교육이다. 부모세대의 역사적 체험, 우리가 공유해야 할 전쟁의 상처를 넘어서 말이다.

문제는 아이 때 주입된 역사교육이다. 어려서부터 왜곡된 역사교육을 받은 아이들이 커서 올바른 역사 인식을 하겠는가. 어제오늘 일이 아니지만 최근 위안부 문제를 놓고 재미 일본인들 사이에서 '기다(그렇다)' '아니다' 서로 대립되는 역사관을 보이며 싸우는 것도 그런 맥락에서다.

지금 우리 교육은 아이들의 감수성보다, 역사 인식에 대한 교육보다 미래의 성공을 위한 과정에 급급하고 있는 것은 아닐까. 가진 것 없는 부모는 아이들에게 물려줄 것이 없다고 한다. 허나 왜 없겠는가. 부모의 경험이 거울이다. 모두 그들의 거친 삶에서 보고 배운다. 제주의 4·3을 겪은 이들은 자식에게, 자식은 다시 그들의 자식에게 그 역사적 경험을 전해야 한다. 힘든 삶 속에서도 내색 않고 삭이며 물려받은 그 정신의 유산을 전할 의무가 있다. 오키나와와 제주의 아이들에게 평화란 무엇인가. 한번 전쟁의 고통을 경험한 사람들에게서 평화란 목숨 같은 것이다. 평화는 씨앗이다. 그런데, 우린 지금 건강한 씨앗을 심어주고 있는가.

오키나와 미군 기지를 배경으로 한 영화 〈호텔 하이비스커스〉에서 꽃을 갖고 서로 전쟁놀이 장난하던 아이들, 이렇게 말한다. "꽃으로도 전쟁이 될까요."

자이니치 1세

한글로 '떡국'이라 적는다. 삐뚤삐뚤 온 힘으로 밀듯 연필로 쓴다. 자이니치 1세들의 생을 채록하기 위해 얼마 전 찾은 일본 오사카 이쿠노구 사랑방 '우리서당'에서였다. 얇은 공책이 뚫릴 것 같다. 이분은 누구신가. 놀랍게도 102세 할머니. 귀는 멀어도 일본말과 섞으며 큰 소리로 "내 고향은 성산포" 그러신다. 대부분 80대 이상 할머니 스무 명 남짓 모여 함께 점심을 먹은 뒤 글공부도 하고 여가도 즐긴다. 몸은 불편해 뵈지만 표정들은 아이 같다. 이 할머니들을 돕는 정귀미 씨가 이사장이자 운전 도우미까지 하며 모임을 끌어가고 있었다. 모두 구불구불 인생의 아리랑 골짜기를 돌아온 노년들. 대부분 남편과 일찍 사별하고 홀로 사는 노인들이다.

인근 비영리단체 법인이 운영하는 재일동포 놀이방에서도 어르신들이 1주일에 두 번 함께 밥을 먹는다. 그들에게 오는 이유를 물었다. "이렇게 밥을 같이 먹으니까 더 맛있지." 마침 일본 초등학교 아이들이 놀이방을 방문했다. 아이들 20여 명이 각자 하나씩 질문지를 들고 왔다. "할머니, 일본에 와서 제일 먼저 배운 말은 뭐예요?" "제일 맛있는 일본 음식은요?" 귀가 잘 안 들리는 할머니들은 아이들의 질문을 큰 소리로 되물은 뒤 다시 큰 소리로 답한다. 아이들이 현장학습으로 문화를 배우는 시간이다.

내가 제주 출신 할머니에게 물었다. "생각나는 고향 음식 있나요?" "'자리젓'은 생각만 해도 좋아." 그리고 묻는다. "국(몸국) 알아?" 몸국은 해조류인 모자반에 돼지 접짝뼈를 푹 우려 국물을 낸 국으로, 제주 대표 보양식이다. 어떤 맛이냐고 물어보라. 대개 "베지근한 맛"이라는 데 동의한다. 뭔지 모를 기름기 자르르 나는 감칠맛을 제주어는 이렇게 표현한다. "늙으니 고향 것이 더 그립네." 할머니의 눈매가 젖어 있었다. 어딘들, 누군들, 고향 떠난 사람들에게 고향 음식처럼 푸근한 기억이 있을까. 음식을 서로 나눌 때 몸이 녹듯 마음이 풀리니 말이다.

"〈바베트의 만찬〉이라는 오래전에 나온 영화, 너도 알지? 그 정도까지는 아니지만, 맛있는 음식을 식구들과 먹노라니 정말 기분이 좋아지더라. 하기야 식구라는 말도 '밥을 함께하는 입들'이고 보면. 위로와 힘을 얻어." 서울에서 오래 타향살이를 하던 친구가 보내온 전자우편에서 고향 음식을 좋아하던 친구의 식탐이 느껴졌다. 서로 수십 년간 불화로 반목해온 마을 사람들이 하루 저녁 성찬을 먹으며 오랜 세월 켜켜이 쌓아온 증오의 벽을 무너뜨리게 된다는 영화. 복권에 당첨된 돈을 성찬을 위해 다 쓴 여인, 바베트의 만찬. 음식은 사람들에게 향수를 일으키고, 정을 일으킨다.

사실 현대사회를 살며 혼밥을 먹어야 하는 시간은 어쩔 수 없다. 가속화하는 고령화 속에 하나둘 가족이 떠나고 홀로 된 노년들이다. 홀로 먹지 않고 어찌 견디겠는가. 어쩔 수 없는 밥상이다. 그렇기에 이 땅의 노인 복지 회관은 시골로 갈수록 정겹다. 함께 점심 먹고 즐기는 시간이 가장 큰 기쁨이다. 쓸쓸하고 외로운 시간 속에 잠시라도 함께 밥 먹는 시간을 기다리는 노년이다. 그럼에도, 이런 복지 혜택을 받지 못하는 복지 사각지대 노년이 더 많다.

일본에서 제주로 온 복지 전공 교수와 이야기할 때였다. 그가 버스를 타고 내리는 사람들을 유심히 관찰하더니 왜 그렇게 나들이 나온 사람들이 할머니뿐인지 모르겠단다. 그럼 할아버지들은 다 어디로 갔을까. 사랑방 같은 곳을 차지한 것도 대개 할머니다. 여성이 남성보다 장수한다는 요인도 있지만, 이 또한 노년 복지 시책의 숙제다.

노년은 오늘 청춘들에게도 곧 밀어닥칠 문제다. 새해는 더불어 밥 먹는 기쁨을 나누고, 더불어 시간을 쪼개 함께 말을 들어주는 시간이 많았으면 한다. 고향 '떡국'을 그리워하던 자이니치 할머니들의 얼굴이 떠오른다.

동굴,

그 안과 밖을 떠도는 말할 수 없는 것들

질식하지 않을 때까지 그 공간에 머물러 있었고, 질식할 때까지 그 안에 머물러 있어야 했다. 동굴, 그 삶과 죽음의 공간, 그 속에서 살아남은 사람들의 기억은 유전된다. 문학은 그러한 공간에서 마지막 숨을 몰아쉬고 있는 것이 아닐까. 그 문학의 공간은 질식할 것 같은 캄캄한 진실을 찾아 겨우 숨을 내쉬는 공간쯤으로 해두자. 그러니까 이 숨은 문학이 내는 소리인 것이다.

어쩌다 참혹한 대기억의 공간에서 문학의 공간으로 스며들었을까. 동굴 속 두개골을 투과한 빛의 시선처럼, 강물처럼 어떻게 스며들었을까. 동굴의 기억은 문학의 공간을 지배하고, 기억은 공간을 지배한다. 사라지거나 잊힌 공간은 기억이 존재하는 한 어떤 형태로든 나타난다. 그렇게 믿는다. 기억은 존재하는 공간 속에서 다시 새 얼굴로 나타난다고 생각한다. 문학의 공간이 깨어나는 순간은 잠자는 기억의 공간을 불러내기 때문이라고. 시간과 공간은 사람의 구불구불해진 뇌파의 결을 따라와 건드리며 새 길을 열어놓는다. 그러기에 이미지로만 남아 있는 공간은 수몰될 뻔했던 기억들을 복원시킨다.

4·3의 기억은 4·3의 공간 속에서 시시각각 달라지는 얼굴로 말을 건다. 그 공간은 화사하게 피어나는 공간은 아니다. 하지만 그 공간엔 어느 날 붉은 꽃들이 무리 지어 피어 있을 수도 있었을 것이고, 희부옇게 스멀거리는 어떤 연기의 기억으로도 자리할지 모를 일이다. 그 공간들을 목격하면서 그 사람들이 자연스럽게 떠오른다.

한때 기억의 귀퉁이에는 무엇이 살고 있었던가. 나의 문학은 그러한 공간 어디쯤에 살고 있다. 문학의 공간은 현실과 과거를 잇는 지대이다. 모든 작가에겐 그만의 영역이 있다. 여기선 개인의 시적 공간으로 한정지을 수밖에 없겠다. 기억의 상처는 공간의 상처로 나아간다. 작가는 자기만의 공간에서 문학의 집을 짓는다. 공간은 그때의 기억을 발설한다. 아무도 말하지 못하는 진실을 그 존재 자체로 말을 할 뿐이다. 그것은 또한 은둔한다. 상상이라는 공간 안에서.

오래 빛을 쬐지 못한 천 조각은 끝내 갈기갈기 바스라져버린다. 빛을 보지 못한 기억은 그것이 기억해야 할 어떤 것도 기억하지 못하고 문득 죽어간다. 그러므로 말해야 되는 것을 말하지 않는다는 것은 무엇을 의미할까.

동굴 속에는 어떤 희망이 있었을까. 아주 낮은 오리걸음으로 들어간 그들은 허리를 펴지도 못한 채 저만의 구들 한켠처럼 어둠 속에서 서로의 등을 부볐을 것이다. 단 한 번만이라도 하늘을 볼 수 있다면. 그것이 소원이었던 사람들의 동굴 밖에서 나는 오랫동안 서성거렸다. 그 내부를 품고 사는 기억에게 굴은 피난지이지만 밖으로 통하는 한 문이기도 했다. 다랑쉬굴, 빌레못굴, 큰넓궤, 목시물……. 어느 굴이든 역사의 공간을 살았던 사람들의 기억 속에서 그 이름들은 현재성이다.

45년 동안
처음 두개골은 아마 한 몸이었으리

꼬옥 껴안은 자세, 굳게 잠긴 눈
이미 식어 빛 잃은 눈동자
두려움도 없었으리
가녀린 몸체 실파처럼 갈기갈기 부서질 때
이윽고 모든 희망은
고구마 무리같이 무더기무더기로 썩어갔으리

누구 하나 빛을 트지 않았던 빌레못 동굴
이미 살과 뼈는 흙으로 화해 버렸으니
두 모녀 여린 형상 본 이들은 듣지
얘야 걱정마라
빛이 사라졌지만 두려운 건 어둠이 아니란다
두려운 건 길 위에서 길을 잃은 희망이란다*

나는 그 어둠 속 피신의 공간에서 떨었을 모녀의 그 시간 속으로 들어가고 싶었다. 기억의 공간에서 시가 불러낼 수 있는 것은 과거를 현재로 복원시키는 일이기도 했으니까. 이윽고 어둠에 묻힌 기억들이 아이의 눈동자에서 이제

* 허영선, 〈빌레못 동굴의 두 모녀〉

여든의 노안에 비친다. 그러나 그 기억은 여전히 현재다. 모든 기억은 공간과 함께 버무려 있다. 그 굴속에서는 아이를 달래던 어머니의 목소리가 메아리친다. 가슴속에 들끓고 베어질 듯 아픈 칼날 같은 파도가 몸부림친다. 그 공간에 오래 체류하는 기억을 따라간다. 밀쳐내고 되돌아간다. 작은 속살거림도, 우레 같은 비명도, 산을 뿌리째 뽑아올리는 천지의 요동도 그것을 품어낼 수 있는 공간은 없다. 그러나 문학의 공간에선 거대한 비명을 듣는다.

빌레못굴. 1949년 1월 애월읍 납읍리 주민들이 은거했던 공간이다. 노약자와 여자, 그리고 어린아이들이 부모와 함께 숨을 죽였다. 그러다 굴 밖에서 사라진 공간. 강아지를 굴속에 넣었더니 해변 마을로 나왔다고 하는 말이 나돌 정도로 미로처럼 긴 이 빌레못굴의 잔혹한 기억은 그 기억을 증언하는 사람들을 통해서도 재현된다. 토벌대는 이 굴속에 숨어 있던 30여 명의 사람들을 밖으로 나오도록 유도해 모두 총살했다. 달팽이처럼 달라붙은 그 기억을 안고 사는 사람은 그것을 목격한 자, 살아 있는 자의 기억에 의해서다. 그 공간 안의 기억은 굴 밖에서 오랜 세월 떠돌았다. 그러다 참을 수 없는 순간 터져나왔다.

좁은 사잇길을 겨우 지나는 동안 기억은 좁혀져 있지만 그 길을 지나다보면 연둣빛 이끼가 돋아난 자왈들이 습기를 머금고 반짝반짝 빛나고 있다. 굴헝진 슬픔이 자라던 곳. 거기, 그곳에도 한때 무수한 발자국과 낮거나 큰 목소리들의 도모가 있었으리. 기억의 공간은 오래 방치된 채 자랐고, 층층 기다리고 있었다. 누군가 불러주기를.

기억의 공간은 폭포처럼 쏟아져 내리거나 햇살처럼 부드럽게 녹아들거나 늘 우리들의 일상 속에 있다. 하지만 그것은 예전 기억의 공간이 아니다. 이제 제주땅에 서리서리 서린 오래된 기억 위로 순간의 기억이 덮여 사라지게 하고. 흔적도 남기지 않는다. 이 섬땅이, 바다가, 산야가, 무엇보다 살이 패인 몸의 기억이 그것을 증거한다. 문학의 공간은 그것들이 점차 소멸돼 가는 것들까지 똑똑히 바라봐야 할 운명을 산다. 그러면서 4·3의 기억을 아득함으로 다가오게 한다.

문학의 공간에서 죽은 줄 알았던 기억은 비로소 새잎을 틔운다. 문학은 시공간을 넘어서는 일이기에. 기억은 문학의 공간에서 비로소 기다려온 듯이 다시 태어난다. 문학의 공간은 그것을 오래 기다리고 기꺼이 품어내는 자의 몫이다. 공간의 시선은 문학의 공간을 찾아나선다. 그리고 그것을 발굴하고 품는 자의 몫이라고 말한다.

말문 막힌 공간을 말문 트게 하는 것, 문학의 소명 아닐까. 그것은 어쩌면 말할 수 없는 공간, 말할 수 없는 빈칸을 채워넣으라고 말하기에. 말하고 싶지 않은 모든 기억의 공간은 문학의 공간을 기다리고 있기에. 언젠가 말문 막힌 채 발굴될 날을 기다리던 어느 동굴의 유해처럼 오래도록 기다린다.

제주섬을 말문 막히게 했던 4·3의 광풍은 섬 곳곳 사람들의 가슴 깊은 곳에 검은 굴을 파놓고 깊은 홈을 남기고 말았다. 그 가운데 중산간의 고통은 너무나 컸다. 원초적이던 땅, 이 야성의 땅에 불어닥쳤던 광풍은 자연과 합치된 삶을 꿈꾸던 사람들을 순식간에 휩쓸어버렸다. 사람들의 공간은 역사의 공간이 되고, 기억의 공간이 됐다. 텃밭 하나까지 아픈 공간이 되고 말았다.

파릇파릇 양하의 집에 숨은 그 순간
그것이 네 여린 가슴 한번만 덮어주었더라면
조랑조랑 두 개의 구덩이에
오늘 같은 붉은 꽃 피우지 않았으리
양하꽃대 한사코 올라오는 우영팟

네 겹 질린 눈
에미 치마말기에 사근대던 숨소리
얼마나 조심했는지 몰라
어디 새 하나 기척 하나 없었지
바스락 댓잎소리 스치던 푸르딩딩 올레에
양하밭 폭폭폭 후비던 그날 이후*

제주4·3의 현장을 만났던 팔레스타인 어느 시인이 그랬던가. 작가로서 우리는 미래에 속해 있다고. 시의 의무는 지상에서 완전히 사라진 것들을 막는 것이라고. 우리에겐 상당히 많은 기억이 있다.

최소한 학살, 피난, 고통, 고문 같은 단어들은 극한의 기억 공간에서 진실이란 이름으로 비틀거리지만 또다른 문학의 공간에서 그것은 다른 이름으로 살아남으려고 몸부림친다. 어떤 기억도 흔적 없이 사라지지 않게 하기 위해서. 그리고 작가는 작품으로 겪는다. 작품으로 묻는다. 고통의 기억을, 죽은 자들의 음절과 머리칼을. 침묵의 소리를 듣고자 한다.

---

* 허영선, 〈양하밭〉

기억의 공간이 문학의 공간에서 숨쉰다는 것은 무엇인가. 기억의 흔들림, 사라짐, 진실을 다른 시선으로 껴안으려는 것 아닐까. 애써 살아 있는 기억의 공간으로 두고자 하는 것. 말할 수 없는 기억을 말해야 하는 기억으로 되돌리고자 하는 것, 굴 밖에서 서성거리면서 굴 안의 고통, 사람들의 눈동자, 몸의 기억 모든 것들을 불러내 하나의 고인 진실을 밖으로 내보내고자 하는 것이다. 신산하지만 그것은 시의 의무이기도 할 것이다.

더구나 제주4·3의 기억은 도처에서 아우성치고 있고, 기억으로 재생된다. 어떻게든 그 기억의 공간을 되살려내고 복원해내는 일에 문학은 소리를 낸다.

숨겨져 있는 진실 만큼 아직도 깊은 곳에 있는 기억의 공간은 얼마나 많은가. 그럴수록 채워넣어야 할 것이 얼마나 많은가. 역사적 고통의 기억을 문학의 공간이 얼마나 접근하고 있느냐 마느냐 하는 것은 별개일 것이다. 다만 문학의 공간은 그러한 드러나지 않은 어둠에 얼마나 진정성 있게 함께 몸을 주고 있는가, 눈비처럼 섞이고 있는가에 달려 있기 때문이니까.

이쯤에서 나의 시는 여전히 그러한 공간 어디쯤에서 서성거리고 있다. 어느 기억에게 말을 걸고 있을 뿐이다. 그리고 끝내 동굴의 안과 밖에서 떠도는, 말할 수 없는 소리들을 찾아간다. 기억의 쏠림, 시간의 공백, 거기 마주서야 하는 운명, 그러한 것에 매혹당한 채.

어머니의 은가락지

성산일출봉 터진목을 쉬이 지날 수 없어요. 안개 자욱한 날은 더 그렇습니다. 어머니의 마지막이 거기 있기 때문이죠. 어머닌 자기 말만 들으면 살려준다는 군인 말을 듣지 않았대요. 포대기에 둘러싸인 나를 이모한테 맡기고 마을 사람들과 모래밭 저편으로 끌려갔다지요. 그것으로 끝입니다. 얼굴을 뵌 적도, 사진 한 장도 남아 있지 않은 어머니. 아버지도 행방불명. 한 번만 보고 싶었어요. 계신다면 어디 지구 끝이라도 찾아가고 싶었어요. 할머니가 되어서 겨우겨우 내 꿈에서 어머니를 만났습니다. 예순아홉 해 만이었어요. 어머니의 무덤을 이장하던 날, 고스란히 뼈로 오신 어머니의 그 흙속에서 당신 손에 꼈던 은가락지 하나 은빛으로 반짝 나타났습니다. 어머닌 아마도 딸에게 은반지 하나로 돌아오셨을까요. 그날 이후 내 손가락에 껴 다시는 잃고 싶지 않은 나의 어머니를 느껴봅니다.

4장

슬픈 그들이
보고 있습니다

울고 싶을 땐 물에서 울어라

단단해지거라
먼바다 휩쓸다 온 큰바람에도 흔들리지 마라

꺽꺽 삐걱이며 꿈틀거리는 수평선 너머 휘이익
깊은 곳에서 터지는 가장 먼 소리 배우거라

지키거라
네 몸은
네가 스스로 지키거라

물에선 아무도 믿지 마라
누군들 너를 눈치채선 안 되느니

견디거라
울고 싶을 땐
물속에서 울거라
깊숙이 더 깊숙이 들어가서 울거라

달이 닻을 내리고
별이 닻을 내려
하올락하올락
바다의 바닥까지 내려놓고 갈 때까지

엉덩이를 가슴까지 들어올려라
이리저리 처대던 물의 기억이
그물에 걸려
다만 소리로 남을 때까지

재일 사회,

문학의 힘으로

그날 도쿄의 거리는 유난히 차가웠고, 눈과 비가 함부로 휘감기고 있었다. 2016년 1월 29일, 일본 도쿄제국호텔에서는 한 재일 시인에 대한 의미 있는 시상식이 열렸다. 일본의 가장 권위 있는 산문에게 수여하는 '오사라기 지로(大佛次郎)상' 시상식. 수상자는 당시 88세 재일동포 김시종 시인. 물론 재일동포들도 드문 참석했으나 700여 석을 메운 축하객들은 거의 일본인들. 어쩌다 그 자리에 나도 있었다.

수상작은 출간 당시부터 연일 일본 언론의 폭발적인 주

목을 받으며 날개를 달고 있는 회상기《조선과 일본에 살다: 제주도에서 이카이노로(朝鮮と日本に生きる―済州島から猪飼野へ)》. 책은 일본의 가장 영향력 있는 이와나미문고의 아주 작은 판형이지만 내용은 무겁다. 왜 안 그러랴. 식민지 시기 황국 소년기를 거친 스무 살 조선의 청년, 제주4·3의 참극을 겪고 그 복판에서 부모를 뒤로했다. 무사히 저 바다를 건널 수 있을까. 많은 이들이 섬을 떠날 때, 그 역시 홀로 기항지도 없는 새처럼 밀항의 밤을 건너야 했다. 혈혈단신. 이후 오사카에서의 격한 삶, 그런 격렬한 시대의 파편들을 회상기에 꿰고 있으니. 그럼에도 궁금했다. 왜일까. 어째서 42년 만에 처음으로 소설가가 아닌 시인에게, 그도 재일 시인에게 이 상이 주어졌을까. 더구나 여전히 한일 관계가 매끄럽지도 않은 시기에 말이다.

그 이유. 무대에 선 심사위원이자 일본 최고의 철학자 와시다 기요카즈가 답했다. "4·3을 겪은 시인은 말문이 막힌 괴로움을 깊이 품고 억지로 침묵해왔던 여러 기억을 여든 넘어서 가공할 만큼 치밀하게 썼다. 이전에는 당시 상황에 대해 여러 시선을 엮어서 쓰는 것을 한국이나 일본의 세계 상황은 용서하지 않았다. 말할 수 있는 것, 말을 못 하는 것, 말하면 안 되는 것, 말하려 해도 다 못 하는 것, 중요한 것은 말해야 되는 것임에도 작가는 말하고 싶지 않았다는 사실이다."

그렇다면 말하고 싶지 않은 것을 어떻게 썼을까? 시만 쓰는 작가를 10년 이상 설득한 이는 편집장 히라다 씨였다. 그는 마지막 정년퇴임 직전 시인의 수락을 받아냈고, 책은 완성됐다. 해서, 이 책은 "인간의 신뢰를 마지막으로 보여준 책"이라고 했다. 이번 수상은 그러한 거대한 마음의 감옥에 갇혀서 살아온 시인의 평생에 대한 헌사였다.

시인의 수상 연설이 이어졌다. 2015년은 종전 70년, 해방 70년. 이렇게 긴 세월 동안 무엇으로부터 해방돼왔는지 늘 자문해왔다는 시인. 땅바닥을 기어다니는 심정으로 가시침에 갇힌 것 같은 세월을 뱅뱅 맴돌며 살아야 했다고 고백했다. '식민지통치'하에 잃어버린 모어, 그러므로 일본어로 시를 쓴다는 것은 일본어에 대한 복수라고 일찍 밝혔던 시인은 그것이 얼마나 고통스러운 것이었는지도 꺼냈다. 괴로운 기억을 드러내 평가를 받는 아픔을 음미하면서. 시인은 문학이 아니었다면 아마 살아남지 못했을 거라 했다.

시인의 말할 수 없는 기억 위로, 폐허가 된 심장 위로 희망이 돼준 건 문학이었다. 그에게 시는 삶이다. 시대가 캄캄해질수록, 평화가 위태로울수록 문학의 힘은 빛난다. 재일 사회의 절대적인 정신적 자존을 재일 문학인들은 살리고 있다.

일본 문학에서 재일동포 문학의 위치는 상상 이상이다. 그 위치엔 84년 오사라기지로상 수상자이자 2015년 국내서 번역된 명작 4·3 대하소설《화산도》(전12권) 작가 김석범이 꿋꿋이 지켜주고 있고, 양석일, 현월, 김길호 등 재일 제주인 작가들이 버티고 있다. 김시종 시인의 이번 수상은 재일 문학의 위치를 다시 한번 확인시켜준 계기였다. 최근 들어 재일 문학에 대한 관심이 이 땅에서도 활발해지고 있다. 다행히 시인의 이 회상기는 2016년 4월 한국어판으로 번역돼《조선과 일본에 살다》*라는 이름으로 출간됐다. 정말 반가운 일이다.

재일의 삶은 냉전시대 한국 근현대사와 함께 한다. 디아스포라를 사는 재일 작가들의 문학, 거기엔 여전히 이 땅의 피가 뜨겁게 흐른다. 핏줄이 어디 가겠는가. 바란다. 이 격랑의 시대, 재일 문학에 대한 각별한 애정과 관심이 이어지길. 또 꿈꾼다. 문학의 힘이 이 어둠을 걷어내길.

---

* 김시종,《조선과 일본에 살다》, 윤여일 옮김, 돌베개, 2016

어느

재일 노시인의 눈물

한 재일 노시인의 눈시울 적신 모습이 얼마 전 일본 유수의 신문에 나왔다. 군사분계선 위 남북 정상의 만남을 세계 언론이 도배할 때, 노시인의 마음을 묻는 인터뷰였다. 시인은 많고 많은 장면 중에 눈물 장면을 내보냈다며 민망스러워했지만. 원적을 북한 원산으로 둔 시인에게 그날의 떨림은 말할 수 없었으리. 1949년 광기의 제주4·3 한복판에서 목숨 걸고 검은 바다를 건넜다. 홀로 스며든 일본 땅에서 숱한 생사의 기로를 넘어넘어 이미 오래전 그는 재일의 대표적 시인이 됐다.

한반도가 뉴스의 중심에 설 때 우선 주목을 받는 재일동포, 영향력 있는 인물 중 한 사람. 김시종 시인. 최근 일본 전통의 출판사 후지와라서점이 《김시종 컬렉션(金時鐘コレクション)》12권 출간을 기념하며 '지금 왜 김시종인가'를 주제로 도쿄와 오사카에서 심포지엄을 열기도 했다.

예전보다 몸이 수월치 않다면서도 노시인의 목소리는 여전했다. "문재인 대통령은 트럼프를 설득할 수 있는 지구상 수뇌지요. 우리가 국가적 통일이 되는 데는 국제적 관계 속의 외적 요인과 우리 안의 내적 요인이 성숙해야 하는 시간이 걸리겠지요. 그래도 동족끼리의 융합은 의지력이 발휘되면 얼마든지 가능성이 있다고 봅니다." 그렇기에 시인은 생각한다. 남북 간 수뇌회담은 동족끼리 내적 요인을 푸는 큰 고리가 됐다고.

동서독 장벽이 무너질 때처럼, 시인의 생각도 그랬다. 우리도 서로서로 융화되고 왕래가 되면 그것이 실질적인 통일 아니겠는가. 만나면 안 된다는 사람끼리 만날 수 있어야 한다. 상대측 의견도 성내지 않고 듣고 논의할 수 있어야 한다. 그러한 대화 훈련이 되면 비로소 거친 관계가 용해되지 않겠는가. 그것이 곧 통일이 아니겠는가.

남과 북을 경계의 시선에서 바라볼 수 있는 지점에 재

일, 그들이 있다. 재일동포는 분단이 남긴 디아스포라 바다의 또다른 초상이다. 재일동포들, 종종 가족끼리 정치적 입장은 달라도 관혼상제를 같이 지낸다. 그렇게 한고비한고비 살아왔다. 그럼에도, 우리의 재일동포를 향한 시선은 아직도 무겁다. 이념의 벽을 안고 보는 시선들부터 풀려야 한다.

재일을 사는 사람들. 김시종 시인의 말씀. "암석 위에 하얀 모근이 엉켜 사는 것이 재일동포의 심정이다. 남북이 갈라져 있으니, 언젠가 같이 살 수밖에 없다." 남북 상황에 민감한 재일 사회. 그들은 2018년 4월말, 도쿄와 오사카에서 열린 4·3위령제에서도 총련과 민단이 함께 참가하는 모습을 보여줬다.

시인은 재일동포들에게 스스로 만든 말인 '선험성', 앞서서 실험을 하는 존재란 의미의 이 말을 쓴다. 동족화합의 선험성을 갖고 있는 재일동포는 이미 그런 훈련을 해오고 있다. 젊은 세대들은 남북대립이 아니라 같이할 수 있는 일은 같이 하자는 그런 훈련이 돼 있다는 말이다. "이제 꿈 같은 일이 오고 있지요." 노시인의 목이 멘다.

그는 2018년 4월 《등바닥의 지도(背中の地図)》란 일본어 시집을 냈다. 7년 전 일어난 동일본대지진을 주제로 한 작

품집. 일본 열도의 등판을 연상하는 등은 자기 눈으로 볼 수 없는 곳을 의미한다. 여기엔 지금의 일본이 과연 어느 쪽을 향하면 되겠느냐는 깊은 뜻이 담겨 있다. 어쩌면 한반도의 정세를 반영하는 제목 같다.

평화가 어디 벼락처럼 오겠는가. 희망과 좌절, 갈등의 시간이 쌓이고 쌓이며 오고 있을 터다. 그 길까지 가는 동안 거쳐야 할 여러 단계들, 복병은 여기저기 숨어 있을지 모른다.

그렇더라도, 좁혀지는 공감대에 이를 때까지 마음 열고 서로서로 만나다보면 그날에 이르지 않을까. 오래 그날을 꿈꾸고, 오랜 대화 훈련을 해온 자에게 모든 난제는 다시 한번 넘어갈 수 있는 용기를 준다. 단단한 평화란 아마 누룩의 시간 같은 것 아니겠는가. 오래오래 안으로 부글부글 끓으며 숙성의 시간을 거쳐야 하는.

재일 김시종 시인의 '바야흐로 꼬부랑길'

31년 만이었다. 남의 나라에서 모국의 비애를 노래했으나 우리말로 그 시가 빛을 보게 된 것은. 한국어를 모어로 뒀으나 일본어로 독보적인 시를 쓰는 재일 시인 김시종. 80년대 초 우여곡절, 일본어로 나올 수 있었던 이 시집,《광주시편(光州詩片)》은 일본에서 모두 1만여 권이 팔려나간 시집이다. 5·18기념재단이《광주시편》을 번역(김정례 옮김) 출간하고, 그 기념회를 연 것은 2014년이 가기 전이었다. 그 자리에 오사카의 시인은 비록 참석하지 못했으나 나는 보았다. 떨리는 목소리로 그 기억을 응축하는 시인의 영상 속 모습을.

《광주시편》엔 당시 광주엔 없었으나 그가 한 시기를 보낸 광주, 다만 천둥소리만 들었어도, 비통해하던 시인의 마음이 스며 있었다. 그의 시 〈먼 천둥〉*에 끌렸다. "볶은 콩을 담으면서 그저 코만 훌쩍이고" 계시던 당신의 어머니와 "갓 세탁한 속옷"을 아들에게 건네던 광주의 어머니를 떠올리며 대학살의 시대를 떠올렸을 시다. 4·3 대학살의 와중에 홀로 더이상의 작별을 꿈꿀 수도 없었던 부모를 두고 제주도를 떠난 시인. 그에게 "제주는 어머니의 땅이고, 광주는 사춘기의 땅"이었으니.

거기엔 아직도 4월 제주엔 가고 싶지 않다던 시인이 제주4·3을 관통했던 스무 살 언저리의 기억이 굽이칠 것이다. 기어코 1949년 슬픈 제주 바다를 건넌 이후, 그는 조선과 일본을 산다.

삶의 길은 여러 갈래, 저마다의 길을 간다. 그 길은 누군가에게는 꼬부랑길이었다. 시인 김시종의 길은 꼬불꼬불 '꼬부랑길'이었다. 허나 그 길은 돌아보니 한줄기였다.

일제 식민지지배, 해방. 누군가에게 해방은 환희였고

---

* 김시종, 〈먼 천둥〉, 《광주시편》, 김정례 옮김, 푸른역사, 2014

이별이었다. 그로 인한 분단. 뒤틀리는 운명의 이 섬을 떠나야 했던 젊은 시인. 두 개의 시선으로, 대폭압의 시대를 견뎌야 했던 경계인. 어느 생인들 안 그러랴만, 시인의 생 역시 한국 근현대사의 큰 줄기다. 그 시인의 일본어는 거친 맛이지만 어쩐지 그가 책을 낼 때마다 일본 출판계와 독자들은 주목한다. 노시인의 70년 꼬부랑길을 돌아보는 일은 제주를 떠나야 했던 재일의 역사를 성찰하는 길이다.

2015년은 2차세계대전 종전 70년, 일본 패전 70년, 분단 70년, 역사의 해였다. 해방 이후 알게 모르게 외상을 겪었던, 겪어야만 했던, 겪고 있는 재일의 초상은 우리 역사의 과거이며 미래다. 그동안 우리는 얼마나 그들을 기억하고 있는가. 재일의 그들은 일본 정부의 가혹한 차별과 탄압에 저항하고 비탄에 빠지면서도 희망의 단서를 놓지 않았다. 그 가운데 더 특별하고 격한 생을 살아온 존재들, 바로 재일 제주인이다.

분단 70년! 그 한줄기엔 화염의 제주4·3이 떠다니고 있다. 이 시인처럼 4·3으로 죄인 아닌 죄인이 돼 제주섬을 떠나야 했던 젊은 그들이 어디 한둘이랴. 일본 땅에서 자신의 뿌리조차 숨죽이며 살아야 하던 이들도, 사무치는 고향의 대학살을 '먼 천둥'으로 들어야 했던 이들도 있다.

살아남은 자들은 마침내 2014년 4·3이 국가추념일로 지정되자 누구보다 감격했다.

진실규명, 화해와 상생을 외치며 여기까지 왔다. 4·3특별법의 과정을 따라, 숱한 꼬부랑길을 따라 4·3은 여기까지 왔다. '4·3 희생자 재심사' 같은 소모적인 논쟁도 넘어서야 한다. 이제 분단 70년 통일을 '꿈같은 일'로 생각하는 노시인의 노래는 계속되고 있다.

아직도 4·3은 해야 할 일이 많다. 바야흐로 4·3을 제대로 정리하고 미래로 나아가는 길, 이것이 바로 우리 시대의 통일운동 아닌가.

차별에 지지 않는 굳센 마음을 가져라

–오사카의 민족교육자 김용해 선생

2016년 4월, 후배가 그림책 하나를 선물로 보내왔다. 단 한 편의 시로 엮어진 격 있는 풍경들, 우리에게 〈은하철도 999〉로 잘 알려진 미야자와 겐지의 시 〈비에도 지지 않고〉다.

"비에도 지지 않고 바람에도 지지 않고/ 눈에도 여름 더위에도 지지 않는/ (중략)/ 모든 일에 자기 잇속을 따지지 않고/ 잘 보고 듣고 알고 그래서 잊지 않고/ 들판 소나무 숲 그늘 아래 작은 초가집에 살고/ 동쪽에 아픈 아이 있으면 가서 돌보아 주고/ 서쪽에 지친 어머니 있으면 가서 볏단 지어 날라 주고/ 남쪽에 죽어가는 사람 있으면 가서 두려워하지 말라 말하고/ 북쪽에 싸움이나 소송이 있으면 별거 아니니까 그만두라 말하고/ 가뭄 들면 눈물 흘리고 냉해 든 여름이면 허둥대며 걷고/ 모두에게 멍청이라 불리는/ 칭찬도 받지 않고 미움도 받지 않는/ 그러한 사람이 나는 되고 싶다."*

아무도 모른다. 거기까지 가봐야 안다. 비바람이 치는지 안 치는지, 결국 포기하지 않아야 희망이다. 사람이니까. 그 측량할 수 없는 민심의 4월 총선이 갓 지나던 꽃바람 속에서였다. 그렇게 이 시 속 주인공처럼 잇속 따지지 않고 일관된 삶을 지향했던 한 재일 제주인 민족교육자의 먼 부음이 실려 온 것은.

"차별에 지지 않는 굳센 마음을 가져라" 하던 오사카의 '김 선생님', 향년 89세. 바로 재일 민족교육계의 정신적 거목 김용해 선생이다. 그는 누구인가. 칼칼하던 식민의 시대, 제주시 이호동 가난한 농가의 장자. 자정만 되면 졸지에 4남매의 가장이 된 어머니의 한숨 소리를 들어야 했

* 미야자와 겐지, 〈비에도 지지 않고〉, 《비에도 지지 않고》, 엄혜숙 옮김, 그림책공작소, 2015

다. 끝내 열일곱에 군대환을 탔다. 처음 기착한 곳은 오사카의 신문사. 활판공에다 교정보는 일. 그때 고향 선배가 불렀다. 자기가 근무하는 소학교에서 같이 일하자고. 교원 인생의 시작이었다. 1950년에 개설된 오사카 시립 키타쓰루하시(北鶴橋)초등학교. 1948년 조선인학교 폐쇄령에 들불처럼 저항해 일어난 4·24한신교육투쟁, 그 결과물로 방과후 우리말을 가르칠 수 있도록 개설된 민족 학급의 하나였다.

방과 후, 강당에서 420명의 아동을 김용해 혼자서 담당했다. 일본인 교원은 "교재로 쓸 용지 하나도 조선인에게 줄 건 없다"고 했다. 스토브의 석탄은 물론 급여도 일본 교원의 약 3분의 1. 가정교사 아르바이트를 하지 않으면 안 됐다. 그런 교사에게 돈이 없던 학부모들은 종이와 연필, 분필을 조달했다. 1951년부터 1987년까지 거기서 36년 외길. 그를 거친 수료생은 무려 1만 1천 500명에 이른다 한다.

그의 필생의 완고한 의지는 재일조선인 아동을 조선 사람으로 자랑스럽게 살도록 해야 한다며 본명 쓰기 운동을 벌인 것. 그랬다. "우리 자신의 자각과 긍지 없인 본명 쓸 용기가 안 생긴다." 그는 퇴직 후에도 민단오사카부본부

문교부에 근무하며 교육위원회와 행정교섭의 길을 추진하는 등 쉬지 않았다. 재일 사회는 그가 일본 공립학교에서 본명 원칙을 호소한 것, 민족 학급의 제도적 장치를 실현한 것 등을 큰 공으로 친다. 일본에서 출간된 《김 선생님: 제주도를 사랑하여 민족교육으로 산 재일 1세(金ソンセンニムー済州島を愛し、民族教育に生きた在日一世)》도 그러한 그의 삶을 기록하자며 뜻을 함께한 이들이 주축이 됐다.

기억한다. 4년 전 제주에서 만났을 때다. 한길을 걸어온 사의 견고함이 느껴졌다. 고향에서 4·3으로 희생된 이들을 위해 오사카의 친족들이 모여 영혼을 위안시키는 추도회라도 열자며 친목회를 만들었다. 말년엔 그렇게 자신이 전 생을 걸쳐 모은 귀중한 민족교육 자료를 제주대학교에 기증했다. 우리에겐 아무리 시대가 바뀌어도 버리지 말아야 할 것들이 있다. 어떤 한편에선 '멍충이'가 되기 싫어 잇속 챙기기에 허둥대는 시대, 고 김용해 선생, 오래 기억해야 할 그의 전언이 떠오른다. '사람의 아픔을 아는 사람으로' '가파른 언덕을 올라가거나 돌아가는 것을 손해봤다고 생각하지 마라.' 2016년 5월 16일 오사카에선 그를 기리는 추도회가 열렸다. 폭풍에도 지지 않았던 그의 헌신은 이제 역사가 됐다.

사상이란 인간 해방이라 하셨지요

-재일 사학자 고 강재언 선생

사각사각 늦가을과 초겨울 사이, 그날이었다. 선생이 2017년 11월 19일 떠나셨다고 지인으로부터 부음을 전해 들었던 것은. 선생은 끝내 낭인처럼 조선의 근대사상 탐색이란 긴 여정을 떠났다. 제주시 삼양동을 고향으로 뒀으나 제주4·3과 한국전쟁의 복판에서 이 땅을 떠날 수밖에 없었던 스물넷. 겨우 당도한 12월의 그 땅, 청춘의 어둠을 발라야 했던 오사카. '이승만을 위해 총 들고 싶지 않고, 그 사람 지키기 위해 목숨 바치고 싶지 않아서' 떠났다 했다. 생전, 오사카 쓰루하시에서 늦도록 이어진 인터뷰에서 스스로 '실패한 혁명가'라던 강재언 선생. 그러면서 세상에서 가장 잘한 일은 역사를 선택한 일이라고 미소 지으셨다. 죽을 때까지 할 수 있다는 것, 행복한 일이라 했다.

한국의 근대사를 통과하려면 강재언을 건너지 않고는 나아갈 수 없다고 한다. 1957년, 선생은 《재일조선인 도항사》를 시작으로 한·일 교류사와 재일 한국인 문제 등 해방 이후 한국 근대사상사 연구의 항로를 열었다. 《근대조선의 사상》《조선 근대사 연구》《조선의 개화사상》《조선 근대사》《서양과 조선》《한일 교류사》 등 수십 권의 역작, 방대한 양의 논문을 냈다. 특히 1954년 일본 이와나미에서 낸 반봉건 반외세 전쟁의 성격을 규명한 동학농민전쟁 관련 논문은 일본 역사학계가 큰 반응을 보였다.

"그 시대, 일본에 국사로 나오는 것은 도요토미 히데요시 그따위밖에 없었고 흥미도 생각도 없었어. 일본이나 중국과 비교하면 지적 수준에서 떨어진 것도 아닌데 항상 왜 우리 민족이 식민지가 됐는가, 죽 골수에 박혀 있었어요." 오사카상과대학을 나오고 경로를 바꿔 역사학으로 교토대학교서 박사학위를 받은 이유를 선생은 이렇게 말씀하셨다.

강재언 선생. 재일동포 사회의 모순을 껴안으면서 전망을 제시하는 실천적 삶을 살았던 그는 당대 최고의 계간지였던《삼천리》와《청구》의 편집위원으로 일하기도 했던 재일 1세였다. 자존감이 높았던 선생은 재일 외국인이 200만 명을 초과하고 있지만 선구적인 외국인 운동의 선구자는 재일조선인이라고 했다.

선생은 20대 서울 유학 시절, 제주4·3 광풍을 듣고 외면하지 않았다. 1948년 말경, 재경 학우들이 모여 만든 회지《백록》2호에 4쪽이나 되는 4·3관련 권두논문을 썼고, 그로 인해 제주에서 급파한 경찰들에 쫓기는 몸이 되어 가족이 고초를 겪었다. 그 회고를 겨우 다시 꺼냈던 것은 지난해 양영후 선생과 함께한 제주 방문길에서였다. 4·3학생운동의 시작점이었을 터임에도 신문에 한줄 나오지 않아 찾을 수 없는 그 역사적인 회지의 행방이 궁금했다.

한국과 재일 사학계에 뚜렷한 업적을 남긴 학자였으나 재일의 삶을 옥죄었던 사상투쟁과 그로 인한 고뇌의 나날들을 떠올려서였을까. 선생은 '사상이란 인간 해방'이라고 했다. 시대가 흩어놓은 가족사의 아픔을 전혀 표내지 않으면서 무엇보다 선생이 바랐던 것은 "남북이 보복과 유혈의 마침표를 찍게 되는 그날"이었을 게다.

급하지 않은 걸음으로 고향 바다를 서성이면서 그토록 고향에 깃들기를 원하셨으나 잠시의 고향이었다. 늘 스스로 '싱거운 사람'이라던 소탈하고 겸허했던 역사학자. 역사를 보는 눈은 냉엄했으나 낭만으로 후학들을 다독이셨다. 평소의 성품대로 마지막 길도 미리 정리해놓았다 했다. 가족과 지인 몇 분만 모시고 떠난 은은한 작별식 역시 격조가 있어 울림이 컸다 들었다. 선생의 저서와 평소 읽던 책들을 내놓아 누구든 갖고 가시라고 했다 한다. 향년 91세. 파란만장 격한 파도를 타넘으면서 끝내는 한번 갈 길이지만, 강재언 선생. 재일 사회의 정신적 지주이자 조용한 거목으로 영원히 기억할 것이다.

기억이 말살당한 데는 역사가 없다

–김석범의 《화산도》

그는 눈물이 참 많다. 고향, 한라산이란 이름 앞에서도 눈시울이 탄다. 여지없었다. "한국 국적도, 북한 국적도 가지지 않은, 한마디로 무국적자. 90평생 서울과 제주를 합쳐 3~4년밖에 조국에서 살아보지 못한 디아스포라입니다. 이 사람이 오늘 여기 고향땅 위에 발을 디디고 서 있습니다." 학살터에 꽃핀 평화의 상징인 제1회 '제주4·3평화상'의 수상소감 서두부터 그는 말을 잇지 못했다. 그 형형하고 날카로운 눈매는 깊은 슬픔과 감동 앞에서 흔들리며 이어졌다. 때론 격하게, 때론 의지를 넘어선 논리, 세 차례

목이 멨고, 세 차례 격려의 박수가 터져나왔다. 벼락도 이런 좋은 벼락이라니! 그의 수상 소식에 정작 놀란 이는 바로 그였다.

어머니의 태중에 현해탄을 건넜다. 4·3대학살에 육신마저 헐어버린 채 제주를 탈출, 대마도에 이른 두 제주 여인에게서 고향의 4·3을 보았고, 4·3을 품었다. 20대였다. 그날 이후 고향땅을 밟지 못한 괴로움을 삭이며 그는 썼다. 1976년부터 21년이란 시간을 그는 기념비적인 4·3 대하소설《화산도》에 바쳤다. 일본의 오사라기지로상을 수상할 때, 작가가 "심사위원 여러분도 이 책을 다 읽었는지" 궁금했다던 그《화산도》를 통해 일본인들은 제주도를 궁금해했다. 이미 그는 1957년 철저하게 봉인된 제주섬의 4·3을 소설《까마귀의 죽음》을 통해 국제사회에 처음 알렸다. "나의 고향땅에 취재조차 하러 가지 못한 채 집필을 계속한 것이 가장 괴로웠다. 상상력에도 한계가 있는 법이다."《화산도》를 완결하며 나와의 인터뷰에서 털어놓은 그의 고백이다. "기억이 말살당한 데는 역사가 없다"는 작가 김석범. 일본어로 쓰였지만 작가는 일본 문단과는 상관없이 소설을 써온 사람이다.

《화산도》는 편견 없이 봐야 한다. "《화산도》는 단지 4·3

소설이 아니다. 풍속과 풍경까지 건져올려 생생하게 고향 땅을 재생시킨 소설"이다. 1988년 도쿄에서 처음 열렸던 4·3 40주년 추도 행사를 비롯해 4·3운동을 하는 재일 동포들에게 《화산도》의 힘이 크게 작용했다는 것은 알려진 사실이다. 그들은 《화산도》에서 제주만의 문제가 아닌, 인간의 존엄과 평화에 관한 철학까지 보았다.

살면서 사람들은 나무에도 들풀에도 매달려보는데, 그는 한라산처럼 견고했다. 흔들리거나 굽힘 없었던 재일 문단의 거목. 거침없었다. 재일 사회의 정신적인 지주로. 세월이 흘렀다. 평화와 인권, 인간이란 무엇인가의 철학적 본질을 묻는 《화산도》 위에서. 일본에서는 이미 2006년 '화산도를 읽는 모임'이 생겼고, 이후 김석범 문학 읽기 모임이 소규모로 이뤄졌다.

상이란 때론 덧없는 것이지만 때론 강력한 메시지이며 파급력을 갖는다. 기어이 제정된 4·3평화상은 생명, 평화, 인권운동에 헌신한 세계인을 대상으로 한다. 4·3평화상 심사위원장 강우일 주교는 "이 자그마한 섬에서 4·3평화상을 제정하고 국제적인 인사들에게 시상하는 것은, 3만의 목숨이 희생당한 4·3의 역사를 헛되이 잊어버리지 않고 인류 평화의 제단에 바치려는 뜻에서다. 이것을 되새기자"고 했다. 반세기 넘어서야 그 서리서리 맺힌 슬픔의 자유가 서서히 풀리고 있다는 성숙이고, 증거 아닌가. 그 현재가 바로 김석범에 이른 것이고, 4·3의 역사가 그만큼 진전된 것이다.

그런데 이건 아니다. 뜻밖에도 어이없는 일이 벌어지고야 말았다. 이런저런 4·3 흔들기가 어디 한둘인가. 4·3 67주년을 맞은 2015년 4월, 보수 정권이 꾸준히 흔들어 온 4·3의 노래 〈잠들지 않는 남도〉를 부르지 못하게 하더니, 이어 일부 보수 단체 등에서는 김석범의 23분짜리 수상 연설 가운데 한 대목을 들어 평화상을 취소하라고 나섰다. 더구나 수상자 선정 2개월여 만에. 역사적인 첫 4·3 평화상을 수여한 4·3평화재단에 대한 감사마저 진행되고 있던 상황에서 말이다. 그가 수상 연설을 통해 전하고자 했던 메시지는 '4·3의 진정한 해방이 곧 통일로 가는 길'이라는 거였다. 분단 70년, 광복 70년. 과연 우리는 스스로 해방이 됐는가. 나무만 보고 숲을 보지 못했다. 아직도 허울 좋은 이념의 잣대를 들이댄다면, 어떻게 화해와 상생의 꽃을 피우겠는가. 이건 상을 수락한 수상자에 대한 예의가 아니다. 상식이 아니다.

어쩔 텐가. 그들이 보고 있다. 그날, 부연 안갯속에 찾아들었던 4·3의 원혼들이 보고 있다. 툭 지는 동백 한 점, 현란한 유채꽃 바다. 그들이 보고 있다. 4월이면 더 아픈 상처를 대면하며 방문을 걸어 잠그는 슬픈 그들이.

2019년 94세를 맞은 그는 지금도 소설을 연재하고 있다.

망향제주

5월 갯무꽃이 일렁였다. 바닷 벼랑에 핀 찔레꽃이 눈을 찔렀다. 깊고 맑은 옥빛, 고향 바다는 그렇게 봄 고개를 넘고 있었다. 반백 년이 걸렸다. 한 번도 그 바다를 잊은 적 없다. 그토록 꿈꾸던 고향 무대. 자이니치코리아성악앙상블을 이끌고 온 백발 작곡가의 지휘는 세월의 힘이 넘쳤다.

2017년 5월 14일 제주대학교 아라뮤즈홀에서는 매우 특별한 연주회가 열렸다. 재일 성악가이자 작곡가 한재숙이 그의 딸인 독일에서 활동하는 세계적 피아니스트 한가야와 함께한 무대였다. 독일 카를스루에대학교 음대생인 외손녀 한애나의 오고무(五鼓舞)까지 곁들인, 3대가 함께한 보기 드문 무대였다.

객석이 흔들렸다. 눈가로 손을 대는 청중이 보였다. "지금쯤 고향에 노란꽃은 피어 있겠지……." 노작곡가의 〈망향제주〉가 성악가 안드레아 신의 목소리로 울려퍼질 때였다. 초연인 이 곡을 포함해 2시간 동안 딸 한가야씨는 혼신을 다해 건반을 두드렸다. 객석의 환호에 여든넷 노장은 꿈결 같다 했다. 그의 눈은 젖어 있었다. 참 오래된 꿈이었다. 번번이 여러 이유로 성사되지 못했으니. 너무나 늦은 아버지의 무대가 안쓰러웠을까. "빨갱이 이념 때문에……." 연주가 끝난 후 딸은 눈시울을 붉혔다.

이들 부녀를 처음 만난 때는 십수 년 전. 그때 보았다. 참으로 간절하던 '망향 제주'를. 언젠가 고향땅에서 4·3 진혼곡을 연주하고 싶다고도 했다. 한재숙. 열여섯 소년에게 휘몰아친 4·3의 광풍을 뚫고 제주 바다를 건넌 재일 1세. 너만은 살아야 한다며 할머니는 손자를 통통배에 태웠다. 고향 북촌리, 이름만으로도 고통스러운 대학살의 마을. 1949년 1월, 집단학살 속에 해녀였던 어머니의 희생 소식을 들은 것은 일본 오사카에서였다.

견뎌야 하는 삶 속에 그를 버티게 해준 힘은 고향의 노동요였다. 제주도 민요는 늘 그의 귓가를 휘저었다. 그 힘찬 민요에서 그는 어머니를 만났으리. 성악가이기도 한 그는 점점 정체성을 잃어가는 동포들에게 우리 노래를 가르치고, 아리랑의 밤을 열어 도쿄필하모닉오케스트라를 지휘하기도 했다. 어느 순간도 고향을 잊은 적 없다 했다. 그럼에도 꼬리표처럼 섬의 빨갱이 낙인은 질기게 따라붙었다. 그것은 딸에게도 전이됐다.

고향 통영을 그리다 상처 입고 떠난 위대한 작곡가 윤이상과 함께 공연하기도 했던 한가야. 그녀를 아프게 한 것은 독일에서 한국인 유학생들을 만나던 1982년, '대한민국 국민'이라고 처음 써봤을 때다. "빨갱이! 그러면서 나를 피해 다녔어요. 넌 어쩜 그렇게 웃을 수 있냐"고. 왜 그럴까. 아주 심각했다. 그때 정리했다. 내가 누구냐, 뿌리가 어디냐를 찾는 과정이 예술이라고. 하지만 역시 두 다리가 대지에 서 있어야 하고, 그것을 계속 찾다보니 거기에 고향이 있었다고.

마침 문재인 대통령 취임 나흘 만에 이뤄진 무대였다. 문재인 시대, 새 정부 탄생에 누구보다 설레는 이들이 바다 건너 있다. 온갖 서러움과 차별을 견뎌야 하는 삶 아니던가. 전전긍긍, 한일 관계가 악화될수록 가장 눈초리를 받던 존재가 바로 그들이었기에. 일제강점기와 이후, 수많은 사람이 건너간 남의 나라 땅. 그들은 '망향'의 노래를 부른다. 이제 희망한다. 한국과 일본의 과거사 해결과 함께 재일동포들의 인권 문제에도 관심 가져주기를. 이념의 굴레에서 해방되고 마음껏 고향을 찾을 수 있기를. 재외동포와 차세대를 위한 교육지원 정책 등을 세워주기를. 조금만 더 바란다면 동포들의 목소리를 들어주는 대통령이 되기를, 재일동포 아이들에게도 대통령의 사인을 받는 기회가 오기를. 옆자리 재일동포가 그런다. "우리는 재외국민이지 외국인이 아닙니다."

살아남은 자의 의무

버리지 않고 오는 생은 없다는 듯, 11월의 잎새들이 오사카의 찬 바닥을 훑고 있었다. 70년 전 제주4·3 광풍의 시기, “너만은 죽지 말고 살아 있으라.” 고향의 늙은 부모들이 허우적 마련해준 밀항선에 몸을 실었던 사람들. 떠나도 더이상 떠날 수 없는 사람들이 이윽고 당도한 땅 오사카. 2018년 11월 18일, 그 땅의 사찰 통국사에서는 오랜 해원의 4·3희생자 위령비 제막식이 열렸다. 스님들의 독경 속에 백두의 물과 한라의 물이 합쳐졌다. 살풀이와 노래가 이어졌다. 간절한 평화와 통일의 비념과 함께.

오사카. 일제강점기 수많은 제주사람들이 살기 위해 정기연락선 군대환에 몸을 실어 건너왔고, 해방 후에는 4·3의 탄압을 피해, 혹은 그 후유증으로 다시 몰래 제주해협을 건넜다. 그렇게 모인 사람들이 합쳐져 재일 사회의 한 축을 이루며 살고 있는 땅이다. 그들에게 4·3은 오랜 세월 금기의 부호였다. 이념의 낙인을 피하고 싶어 이름을 바꿔 살기도 했던. 더구나 4·3을 피해 온 그들에게 또 하나의 눈물은 남북으로 가족들이 흩어진 경우가 아닌가. 살아갈 날이 많았던, 다감하던 젊은 그들. 살았으니 살았고, 살다보니 살았다고 서로 그랬던 사람들. 끝없는 고국의 해안선을 눈꺼풀에 담고 흔들리며 하나가 되는 날을 희망하며 살아왔던 사람들이다.

그럼에도 난민처럼 온갖 차별과 날 선 이념과 생존과 싸우며 2세, 3세의 시대를 열었다. 아무도 그 바다 건너 땅에 눈길을 주지 않을 때, 오래 침묵을 강요당한 4·3은 일본 땅에서 먼저 바깥으로 나갔다. 4·3 시기에도 마을 추도집회를 연 곳이었다. 1988년 도쿄에서 첫 공개 추도집회, 1998년부터 오사카에서 열린 위령제. 뜻을 함께한 사람들의 4·3운동은 계속됐다. 이번 위령비는 '재일본제주4·3희생자위령비건립실행위원회'가 주축이 돼 국내외

순수 민간 기부금으로 세워진 결과물이다. 참가자들 가운덴 그렇게 살아낸 사람들 중 몇몇 늙은 몸들이 모였다. 위령제가 진행되는 동안 어쩔 수 없이 떠나와 살다 오늘을 보지 못하고 떠난 그들의 얼굴이 마구 떠올랐다. 그들이 살아 오늘을 봤다면.

위령비의 하단엔 둥글게 붙여놓은 고향 마을 이름표. 그 아래 그 마을에서 하나씩 발로 뛰며 가져온 178개의 돌멩이들이 가지런히 붙어 있다. 제막식 후 모여든 재일동포들의 눈이 이곳에 쏠렸다. 고향의 우둘투둘한 현무암을 손으로 만져보거나 그 앞에서 사진을 찍기도 했다. 한 개의 작은 돌에서 숨결을 느끼듯, 고향 혈육의 체온을 느끼기라도 하듯.

70대의 한 부부가 유독 그 앞에서 떠나지 못하고 있었다. 1948년 4·3 광기의 계절, 제주도 대정읍 상모리 주민 수십 명이 토벌대에 의해 집단학살되던 그 겨울, 다섯 살 아들은 서른한 살의 아버지를 잃었다. 남편 잃은 모든 여인들이 그랬듯 그의 어머니 역시 해녀 일을 하며 4남매를 키웠다. 큰숙부도 4·3으로 도일했다가 세상을 떠났다. 열아홉에 큰숙부의 영혼이 안치됐던 통국사를 찾기 위해 온 것을 계기로 그의 일본에서의 삶은 시작됐다. 재일의 삶

42년.

열 살에 오사카로 왔던 같은 마을 아내를 만나 이 절에서 혼례를 올렸던 것도 기막힌 운명이다. 당시 갓난쟁이였던 그의 아내도 같은 상처를 안고 있었다. 아내의 아버지도 그의 아버지와 같은 날 함께 희생당했던 것이다. 아내의 숙부 역시 4·3 시기 오사카로 도피했다. 그가 막 모습을 드러낸 위령비를 보면서 눈을 붉혔다. 말은 끊겼다 이어졌다. “어떻게 잊을 수 있나요. 4남매와 여섯 손자들한테 전해줘야 할 의무감이 더 나옵니다.” 광풍의 섬을 떠나 낯선 땅에서 희망을 피워낸 이들은 이젠 후손들이 이 역사를 알았으면 했다. 기억은 옅어지고, 동강나므로. 정신의 유산만은 남겨야겠기에. 4·3 경험자들은 아무도 4·3을 잊지 않았고, 절대 잊을 수 없었다. 언젠가 진실은 드러난다고 믿었다.

고운 한복을 입고 앉은 왕년의 해녀 강안자 할머니. 그는 성공한 큰 떡집 주인이 됐다. 그는 아버지 형제들의 비애를 안다. “작은아버지도 총살당했는데……. 이젠 자식들한테도 4·3을 보여주고. 너무나 믿을 수 없는 일이어요.” 죽을 것 같아 도망 왔는데 살아 왔다고 한 할머니는 자꾸만 손을 눈가에 댔다.

오사카의 고춘자씨. 외할머니의 죽음을 목격하고 두 외삼촌의 죽음을 안고 살아야 했던 어머니는 평생 한겨울에도 가슴속의 불을 삭이지 못해 창문을 열고 살았다 했다. 당시 여덟 살이었던 딸은 이제 칠순, 졸지에 "폭도 가족"이 됐었다는 그의 눈은 오래 젖어 있었다. 트라우마는 3대로 이어졌다. 소용돌이치던 시대를 만난 죄로, 생의 가파른 줄을 타야 했던 슬픈 가족사. 다른 모든 이의 가족들은 이제 뭐라 하실까.

민족교육의 선구자,

신촌 조규훈 선생을 생각한다

그해였다. 문득 찾아온 해방 이듬해. 거친 바람 속에서도 언젠가 고국의 미래를 위한 씨앗을 심어야 했다. 모국어를 잃어버린, 식민지를 살아내야 했던 조선인들의 후세들을 위해서였다. 그렇게 민족 학교는 출생했다. 그는 무엇보다 교육의 힘을 믿었다. 여기에 여성의 역할은 절대적이라고 생각했다. 그렇게 그 땅에서 탄생한다. 오사카의 민족 학교인 백두학원 건국공업학교와 건국고등여학교는.

한국과 일본 모두 혼란의 해방공간, 그는 비장했다. 가진 것 없어 고국으로 돌아가지 못해 방황하던 젊은이들과 검은 머리 흰 머리 되도록 변치 말고 산업부흥을 이루자고 손을 잡았다. 백두동지회였다. 신촌 조규훈(1906~2000), 그의 시대였다. 그리고 그는 뒤에서 자금만 댔다.

열일곱 소년이었다. 독립운동가의 후손이었으나 유년기에 세상 떠난 부모, 남은 소년은 배움에 고팠다. 학교 문전만 맴돌다맴돌다 눈물을 삼키던 소년은 현해탄을 건넜다. 지독한 고향의 가난, 너도나도 일본으로 떠나던 식민의 시기였다. 소년에겐 잠자는 시간도 아까웠다. 일본 고베에서의 재봉일. 야학이라도 하고 싶었으나 밤 10시까지라 갈 수 없었다. 20시간 일하고 4시간 자야 했다. 학업 포기. 3년여 고무 공장. 밤낮 일을 하며 모은 돈 5천 엔으로 벌목 사업. 그때 그는 스물둘의 청년이었다. 조규훈은 어느덧 하리마 산업을 중심으로 한 10여 개의 계열사를 거느린 경제인으로 일본 경제계를 위협하고 있었다. 일본 경제계 거물이 견학을 올 정도였다니!

1948년 정부 수립 직후였다. 임차료가 없어 쩔쩔매던 도쿄의 주일본한국대표부에 당시 1천 300만 엔의 거액을 내놓았고, 전쟁 피해자 원호사업도 했다. 이후, 사업의 실패와 좌절이 있었다. 노년의 그는 학교 문전을 배회하고 있었고, 오고가는 교사들과 아이들에게 학교의 안녕을 묻고 있었다. 사람들은 그를 잊고 있었다.

2013년 개천절, 맑은 가을. 그의 고향 신촌리 작은 남생이못에서는 의미 있는 행사가 열리고 있었다. 신촌 조규훈 선생 현창비 제막식. 일본에서 온 그의 아들 명현 씨가 인사를 했다. "아버지는 다시 돌아와 고향에서 꼭 하고 싶은 일이 있다고 하셨는데 끝내 올 수 없었습니다." 사회에 모든 것을 헌납했으나 어머니의 옷 한 벌에 인색했던 아버지였다. 건국학교는 이제 유치원부터 초중고를 포함한 학교로 쑥쑥 성장하고 있다. 그토록 다시 돌아오고 싶었던 고향땅. 한 번도 밟지 못했던 그는 결국 그의 이름자와 흑백 사진이 새겨진 현창비로 귀향했다.

현창비는 신촌조규훈선생현창사업회와 신촌리민들의 정성으로 세워졌다. 현창사업회 이정림 회장은 어려울 때 늘 자금을 댔던 이가 잊혀져가는 것이 안타까웠다고 했다. 어린 시절 고향 신촌 바다 위로 동동 떠오른 나뭇조각들을 붙잡고 헤엄쳤다던 이 회장. 그는 그것들이 조규훈 선생이 조천중학교를 짓기 위해 보낸 목재들이었음을 늦게야 알았단다. 그는 '음수사원 굴정지인(飮水思源 掘井之人, 목마른 자가 물을 마시면 그 근본인 우물을 판 사람의 은덕을 잊어서는 안 된다)'을 떠올리며 그의 이름자 앞에 고향의 이름 '신촌'이란 호를 헌정했다. 대한민국 정부가 조규훈 선생에게 국민훈장 무궁화장을 추서한 것은 2011년의 일이다.

현창비 제막식에 앞서 2013년 11월 2일 제주대학교 재일제주인센터에서는 조규훈 선생의 정신을 기리며 재일 민족교육을 조명하는 학술세미나가 열렸다. 우리는 몰라도 너무 몰랐다. 아니 외면한 것은 아니었을까. 재일동포 민족교육은 식민지 시기의 산물이었던 우리의 역사다. 지금 재정난을 겪고 있는 민족 학교들에 우리의 관심은 멀다. 재외한국학교 지원법은 아직도 제자리걸음이다. 제주도의 교육사업은 재일 1세대로부터 가장 많은 수혜를 받았던 항목이다. 그런데도, 우리는 그들에 어떠한 교육적 네트워크를 하고 있는가. 이젠 능동적으로 우리가 행할 때가 되지 않았는가.

민족교육의 선구자, 다시 조규훈 선생을 생각한다. 가팔랐던 시대를 살다간 그의 혼은 아마 남생이못 어디쯤에 와 있는지 모른다.

조선적 재일동포의 꿈

내 일터에서 전임 연구원으로 일하는 30대의 그는 재일동포 3세다. 일제강점기 일본으로 건너간 조부모 때부터 지금까지 일본에서 살아왔다. 조선 학교를 나온 그는 우리말을 잘한다. 지난해 말, 그가 결혼을 했다. 아내 또한 조선 학교 출신 재일동포 3세. 하지만 일본에서 변호사로 일하는 아내와 떨어져 지낸다. 정작 고향이 제주도인 아내는 한 번도 제주도 땅을 밟아본 적 없다.

결혼 전, 그가 말했다. 신부가 결혼식 때 입을 예쁜 한복을 맞추러 고향 제주에 오고 싶어 한다고. 허나 소박한 꿈은 이뤄지지 않았다. 국적이 한국적인 그와 달리 아내는 조선적이기 때문이다. 얼마 전, 퇴근길에 그가 또 하나의 소망을 조심스레 꺼냈다. 아내가 올여름 단 한 번이라도 제주에 올 수 있었으면 한다고. 외국인은 쉽게 밟는 특별자치도인데 그들에겐 왜 이렇게 어려운지 모르겠다고. 그들은 왜 이런 대접을 받아야 하는가.

아직까지 조선적 재일동포는 고국을 자유롭게 왕래할 수 없다. 김대중·노무현 정부 때는 비교적 자유롭게 드나들 수 있었으나, 이명박·박근혜 정권 9년 동안 아예 그들의 발목을 묶었기 때문이다. 조선적 재일동포가 한국에 들어오려면 먼저 주일본대한민국대사관 영사부에서 심사받고 한시적인 여행증명서를 발급받아야 한다. 여행증명서를 발급받지 못하면 들어올 수 없다.

대체 조선적이 무엇이더냐. 전후 일본이 재일동포에게 정치적으로 들이댄 하나의 기호였다. 그러니까 '조선적'이란 일본 정부에 책임을 묻는 우리의 역사적 증거이기도 하다. 고국땅을 밟으려면 늘 주목의 대상이 되는 재일 작가 김석범 선생을 보라. 한 차례 통과의례가 지나서야 증명서를 발급받고 고국에 들어올 수 있었다. 분단 이전의 조국, 언젠가는 있을 통일 조국의 이름이란 의미로 스스로 무국적자의 길을 택했다는 이 소설가. '조선적'은 그에겐 통일의 상징적 부호다. 한국적으로 바꾸지 않고 일제강점기의 산물인 조선적을 고수하는 이들의 처지는 조금씩 다르지만 한겨레임이 틀림없다.

일본 법무성 통계에 따르면, 제주 출신 재일동포 수는 경상남북도의 뒤를 잇는다. 특히 일본은 1923년 오사카와 제주를 잇는 정기여객선 군대환을 띄워 제주사람을 값싼 노동력으로 일본으로 실어날랐다. 1934년 한때 도민 4분의 1이 일본으로 떠나던 시절도 있었다. 게다가 그곳은 해방 뒤 한국현대사의 참극인 4·3을 피해 살기 위해 떠난 땅이기도 했다. 험한 시대가 고향을 등지게 했던 것이다. 수많은 재일 1세대가 이념 굴레에 묶여 고향땅 한 번 밟지 못하고 세상을 떠났다. 간혹 부모의 성묘를 위해, 자유 왕래를 위해 한국적으로 바꿨다며 씁쓸한 표정을 짓는 고령의 재일동포들을 대한다.

생전에 만났던 오사카 이쿠노구 양의헌 할머니. 해방공간 때 한국에 두고 간 딸이 있었으나 할머니는 "한국적으로 쉽게 바꿀 수는 없어요"라고 했다. 그는 2002년 김대중 정부 시절, 재일동포 모국방문단의 일원으로 꿈에 그리던 고향땅을 밟을 수 있었다. 반세기 만에 딸을 만난 그는 "시국이 우리를 갈라놓은 것 아니냐"고 눈물만 흘렸다. 그렇게 통일되는 날을 그리다 그는 세상을 떠났다.

남북 경색 국면에 죄 없이 죄지은 자처럼 불편해하는 그들이 저 나라에 있다. 인권의 그늘 속에 사는 그들은 한국 근현대사의 시린 초상이다. 이제 정치적 견해를 떠나 그들을 대하면 안 될까. 이 시대, 우리 앞엔 통일 시대를 열어야 할 단단한 문이 있다. 그 문으로 들어가려면 이 막힌 문부터 열어야 한다.

지금 아내의 제주 방문을 기다리는 연구원의 심정은 착잡하다. 올여름, 과연 이 재일동포 3세 아내의 고향 방문의 꿈은 이뤄질까? 최근 강창일 더불어민주당 의원이 발의한 재일동포 관련 여권법 개정안과 재일 조선적의 자유로운 왕래를 허하라는 시민단체의 움직임을 보면서 얼마 뒤 나올 입국 신청 결과를 기다려본다.

연구원의 조선적 아내는 새 정부 들어 맞는 여름, 부모님의 고향 제주에 올 수 있었다. 재일 3세 부부는 제주 바다를 배경으로 행복한 순간을 영상으로 담아냈다.

어느 재일 화가의 슬픈 응시

새해 미술관을 찾았다. 재일 화단의 거목 송영옥(1917~1999) 탄생 100주년 회고전(제주도립미술관, 2017.12.14.~2.28.) 때문이었다. 광주시립미술관 하정웅컬렉션에 소장된 그의 작품들이 광주 회고전을 거쳐 처음으로 고향에 오게 된 것이다. 살아서 그의 꿈은 고향에서 개인전을 갖는 거였다. 참 오래 걸렸다. 그의 그림들은 사후 18년이 지나서 온 것이다. 반갑고, 먹먹했다.

식민의 시대, 몇 번이고 흐르는 물에 시멘트 종이를 씻어서 거기에 그림을 그리던 열한 살 소년은 군대환에 몸을 싣고 아버지가 있는 오사카로 떠난다. 그는 해방이 됐으나 돌아오지 못했다. 가난, 차별과 싸우며 한 캔버스에서너 번을 지우고 다시 그리는 작업은 계속됐다. 지우는 작업 또한 용기가 필요했으나 그러면서 정신이 맑아지는 것을 느낀다던 작가였다.

그가 반세기 만에 처음 제주를 찾은 것은 1983년, 재일동포 모국방문단의 일원으로서였다. 그때 처음 한국을 방문한 소감을 그는 이렇게 썼다. "제주도는 완전히 관광지화되어가는 것은 아닐까. 걱정되었다. 한라산은 유년시절과 변함없이 멋있게 보였다." 20일간 머문 제주에서 그는 변화한 조국을 보았다. 이후 이따금 고향을 찾아 성산일출봉, 한라산을 그렸고, 제주도민속자연사박물관에 그림을 기증하기도 했다. 그와 생전에 나눈 인터뷰에서 그가 그랬다. "나의 무덤이 있는 곳을 찾을 필요가 없다. 내 그림이 있는 곳이 무덤이니까." 그러면서도 안개 낀 한라가 보이는 길 위에서 그는 자신이 머물 길은 어디있느냐고 되물었다.

그의 그림엔 애타게 고향을 응시하는 슬픈 시선이 보인다. 1960년대 북송선을 타고 떠나던 디아스포라의 비애가 보이고, 암울했던 조국의 독재정권과 상처받은 자들을 위한 절규가 보인다. 히로시마 원폭에 희생된 조선인들에 대한 애도와 광주5·18을 기록하는 비장함이 흐른다. 한 예술가가 저 분단의 현실에 아파하고 뒤채이던 모습이 떠올랐다. 모순된 시대와 고통스러운 운명을 껴안은 재일의 초상이 투영됐을까. 뒤틀리듯 포효하는 듯한 〈투견〉 같은 작품은 적막을 압도한다. 늘 후배들에겐 따뜻하고 겸허했으나 자신의 작품 앞에선 냉정했다던 화가의 붓칠이 보인다. 남과 북 어디에도 속하지 않은 경계인의 한 시대가 보인다. 어쩌면 그의 아득한 망향이 들리고, 이루지 못한 그의 꿈마저 조금은 들리기도 한다.

고통 없이 예술이 꽃을 피울 수 없다. 시대정신을 담은 예술은 더 그렇다. 건축의 거장 가우디가 "이겨내기 위해선 미친듯이 일해야 했다"고 한 것처럼, 그 역시 그의 시대를 살아내기 위해서 그렇게 자기와의 싸움을 벌여야 했던 것은 아니었을까.

촛불 혁명 이전에 1987년 6월이 있었다. 앞선 시대, 차별과 폭압을 겪어야 했던 고통을 예술로 끌어안고, 이겨내고, 혼신으로 그 시대를 증거했던 어떤 예술가들이 있었다. 재일의 삶은 식민의 시대와 그 이후의 시대에 의해 규정지어졌다. 재일 화가들의 작품은 엄연한 한국 근현대사다. 그러기에 그들의 그림은 늘 뿌리내리지 못한 풀잎처럼 흔들리는 존재임을 깨운다. 한 장의 그림이 시대를 품고, 역사를 증언하고 기록한다. 이 땅에 시대의 소산인 재일 예술가들의 흩어진 작품들을 모은 전시관 하나쯤 필요한 이유다.

제주 곳곳에 예술 공간들이 생겨나고 있다. 현란한 현재 이전에 제주 바깥에서 뿌리내리지 못한 예술가의 운명을 살다간 이들이 있다. 이들에 대한 엄연한 새김이 있어야 한다. 길을 뚫는데 쏟아붓는 예산은 아까워하지 않으면서 그림 한 점 수집엔 인색한 행정의 눈도 이젠 벗어날 때가 되지 않았는가.

사후 '20세기 주목할 만한 화가' '우리 시대를 이끈 미술가 30인'에 포함되기도 한 화가 송영옥, 그는 그림으로 묻는다. 자신의 화두였던 평화와 인권이라는 주제는 아직도 유효한 것이냐고. 새해, 희망한다. 이념의 굴레에 갇혀 조명받지 못하던 한 작가에 대한 재조명이 진지하게 이뤄지기를, 그러한 시대의 그늘 속에 있는 또다른 예술혼들이 기억되기를.

사과 한 알 먹는 것도 죄스러워서

그해 겨울이었습니다. 어머니 난데없이 사라지시고 두 오라비, 갓난 조카 행방불명이었죠. 아버지 끝내는 자리에 누우셨지요. 살고 죽는 게 꽃바람 한번 휘익 스치면 가고 마는 시절. 머리카락 한 올 차이였던 시절이었죠. 웅웅 지붕까지 올라온 파도는 얼마나 들락켰는지요. 파도가 벽을 끌어안고, 벽이 파도를 끌어안고 신음하는 날이 많아졌지요. 아버진 유일하게 살아남은 나를 부르셨죠. 딸에게 하는 지상의 마지막 부탁이었던 그 사과 한 알. 어디서도 사과를 구할 수 없었어요. 끝내 그 사과 한 알 드리지 못해 난 사과만 보면 지금도 가슴 아픕니다. 왜 아버지는 사과나무 한 그루 없는 이호리 바닷 동네서 사과를 찾으셨을까 생각합니다. 집집마다 눈을 씻고 찾아봐도 사과 한 알 없던 그 시절.

지금은 이리도 흔하디 흔한 사과. 왜 그땐 그리도 귀했을까요. 아마도 사과 한 알은 사랑하는 모두가 사라져 홀로 남은 아버지의 마지막 한 점 희망 아니었는지요. 이호리 해풍에 실려오는 찬 바람결에 마을 올레마다 봉지 가득 육지서 온 빨간 사과 생각 없이 쌓여가는 계절입니다. 먹지 않고도 목에 걸리는 저 붉은 사과 한 알.

5장

봄이라도 드리고 싶지만
당신에게 위로할

볶은 콩에도 싹이 난다

무슨 말이냐고? 볶은 콩과 푸른 싹의 조합이라니! 가당한 말씀이냐고. 그런데 말이지, 어떤 사람들에게 이 말은 그야말로 삶의 온갖 절규가 스민 말씀이란 걸 아시는지. 4·3 70년에 일흔두 해의 겨울을 건너야 했던 한 남자의 목소리야. 그의 기억이 성산포 바다를 울렸어. 제주 바람 속에 그의 말은 끊기고 이어지고 어떤 비통의 곡조보다 애렸어. 깊은 곳에서부터 소름이 돋았어. 아마 그 순간 성산의 바람도 바다도 지상의 이 슬픈 이야기를 외면하고 싶었을 거야. 허니, 제주 바다에서 어떤 슬픈 음조를 들은 적 있다면 이분들을 한번쯤 기억해 주겠나. 이 한 인간의 생 앞에서 무슨 비극을 이야기하겠나.

1949년 2월 1일, 시퍼렇게 칼 선 성산포 터진목 집단학살터 현장이었어. 영문 모르고 끌려 나온 수많은 인근 마을 사람들과 함께였어. 젊은 엄마는 아기를 포대기에 싸서 꼬옥 품에 안고 바람 부는 모래밭에 나왔다지. 당연히, 설마, 쏘랴 하셨겠지. 하늘을 뚫고 탕탕탕, 순간 몸을 관통한 총알에 엄마는 아기와 함께 스러졌지. 피범벅이 된 엄마의 가슴에서 하늘을 찢는 세 살배기의 겁 질린 울음이 곤두박질쳤어. 엄마의 피 가슴을 쥐어뜯던 아기가 꼬물꼬물 모래밭에서 버둥거렸어. 가슴과 양쪽팔에 세 발의 총알을 맞고 피투성이가 된 아기가 본능적으로 기어나왔던 것이지. 그러자 멀리서 다시 쏘았어. 그런데도 아기는 죽지 않았어. 그러자 다시 쏘려던 토벌대는 "이 놈은 하늘이 살린 놈이다. 죽여선 안 되겠다." 그랬다지. 아기는 당시 성산초등학교 앞에 살던 고모한테 강제로 맡겨졌지. 아이러니하게도 경찰은 그때 의약품을 주고 먹을 것도 주면서 잘 키우라 했다지.

아버지도 4·3 시기 행방불명 됐다지. 고모는 지극정성으로 아기를 보살폈다지. 2년 후 할머니 할아버지 품으로 돌아온 아이는 거기서 자랐지. 허나, 살면서 수없이 달려들던 고통스러웠던 시간들을 어떻게 우린 감지할 수 있을까. 그리고 그 아이는 살아남기 위해 얼마나 몸부림쳐야 했을까. 아무도 모른다. 더이상 말을 하지 않는다.

그러니까 볶은 콩에서도 싹이 난다. 이 말씀은 콩을 볶을 때다 볶는 것 같은데도 거기서 몇 알은 튀어나가는 것을 의미하지. 그 튕겨나간 푸른 콩이 흙에 묻혀서 어느 봄날 푸른 싹을 틔워내기도 하는 운명. 그러니까, 가장 비극적인 풍경 속에서 피어난 콩알 하나는 희망의 콩알이지. 그건 인간에게 내린 선물, 기적의 또다른 이름이지. 그럼에도, 그 혹독한 생을 뚫고 살아낸, 살아남은 용감한 자들에게 수그려 할 수 있는 말이지, 지상의 통곡이 피워올린 희망의 말씀이시지.

아버지는 2009년 제주국제공항 유해 발굴지에서 시신이 발굴됐고, 2014년, DNA로 신원이 확인돼 65년 만에 아들의 품으로 돌아왔다.

제주 이야기

한라산, 그리고 오름들 어디서든 수평선에 걸리고, 어디서든 한라에 걸린다. 한라산과 태평양 바다가 만나는 곳, 제주도는 바다 위의 한 점 섬으로 떠 있다. 길고 긴 와상(臥狀)의 실루엣이 화산섬 제주도를 품는다. 거대한 할머니의 넉넉한 치맛자락을 떠억 펼치고 좌정한 한라. 손으로 은하를 잡는다고 해서 '한라'라 했던가.

제주섬의 배경이 한라이며, 한라의 배경은 제주섬이다. 한라산은 제주사람의 삶이다. 한라산 나무로 집을 지었으며 한라산의 열매가, 야초가 사람을 살리기도 했다. 신생

대에 한라산은 두 차례 화산의 장엄한 분출을 보여주었다. 순백의 겨울 한라를 깊고 깊은 침묵으로 이끌고 있는 것은 살아 100년, 죽어 100년 한라를 말없이 지키는 구상나무 숲이며, 그것의 생이다.

이 산은 그 혜택이 백성과 나라에 미치고 있는 것이니, 지리산이나 금강산처럼 사람의 관광이나 제공하는 산들과 비길 수 있겠는가. 오직 이 산은 유독 바다 한가운데 있어 청고(淸高)하고 기온도 낮으므로, 뜻 세움이 굳고 근골이 건장한 자가 아니면 결코 오르지 못할 것이다. 그리하여 이 산에 오르는 사람은 또한 수백 년 동안에 관장(官長)된 몇 사람에 불과했을 뿐이다. 이렇게 한라산에 대한 외경심에 끓어오르는 감정을 누르지 못하고 예찬하고 기록으로라도 후세 사람들에게 알려주고 싶어 했던 이는 저 조선말의 유림, 면암 최익현(1833~1906)이다.

그 한라의 품에서 흘러내려 경주 고분 같은, 만삭의 임부 같은 오름들이 굽이친다. 오름은 제주도를 에워싸고 제주 바다를 둘러싼다. 기생화산인 저 오름의 수는 하루 한 오름씩 1년 365일을 오르고도 남는다.

섬과 바다, 한라의 정상을 중심으로 북쪽으로는 능하오름, 서북쪽으로는 어승생악, 서쪽으로는 붉은오름, 노로오름, 삼형제오름이 그 어미, 한라를 의지하며 앉아 있다. 제주도 창조신화 속의 거녀, 설문대 할망이 망망대해에 제주섬을 만들기 위해 터진 치마폭에 흙을 나르다가 툭툭 떨어진 흙이 오름이 됐다 했던가. 오름의 바람은 쉬이 잠들지 못한다. 그것은 달지만, 그 바람은 섬의 비린내를 떠나지 못한다. 한라산과 오름, 이것은 제주사람들의 삶의 조건이다.

오름 아래 다소곳이 이끼의 시간을 덮어쓴 석상, 동자석의 표정엔 인간의 기쁨과 슬픔이 스며 있다. 섬의 얼굴을 한 그것을 만든 이는 가장 낮은 곳에서 일하던 이곳 섬사람들이었으리. 둥근 무덤과 둥근 동자석, 둥근 초가, 그리고 해안선. 제주는 부드러운 능선으로 이어진다.

유네스코는 '제주 화산섬과 용암동굴'을 세계자연유산으로 등재했다. 그것의 대상은 한라산과 거문오름용암동굴계, 성산일출봉 응회구다. 하지만 이것들은 제한적인 이름일 뿐이다. 오름과 160개의 신비한 용암동굴, 제주의 심장이라 할 곶자왈, 어느 하나 견줄 수 없는 가치가 있다.

120만 년 전부터 시뻘건 불덩이가 치솟아 탄생한 화산섬 제주의 자연은 들판, 돌담, 오름의 분화구, 폭포, 바다, 계곡, 곶자왈 어느 곳에도 용암의 흔적이 미치지 않은 곳이 없다.

고립무원의 섬이었던 제주도는 한때 독립한 부족국가였다. 고려 숙종 10년까지는 탐라, 탐모라, 탁라 같은 이름으로 한국사 속에서 살아남기 위해 백제, 신라, 고려 등에 조공을 바쳤다. 원종 때 삼별초 군이 제주섬으로 들어오자 이들을 토벌한 몽고군이 한 세기를 점령하기도 했던 수난의 땅이기도 하다.

조선왕조는 제주를 원악(遠惡) 유배 1번지의 땅으로 규정지었다. 제주 바다를 건넌다는 것은 목숨을 건 항해였다. 물 막힌 섬, 제주도는 살아서 죄를 묻는 이들에게 가장 가혹한 공간이었다. 섬 전체가 감옥이었다. 죽임을 당해야 할 자를 차마 죽이지 못해 귀양 보내던 곳, 이곳으로 유배를 오는 순간부터 유배인들은 살아서 돌아갈 일을 아득해하며, 다만 자애로운 한라의 품에 안겨 비로소 마음을 수습해야 했다. 조선왕조 500년 동안 유배 온 이들만 200여 명, 고통스러운 땅은 얼음처럼 빛나는 생각을 뽑아냈다.

수많은 적객이 제주땅에서 예술을 잉태했고, 수많은 유배객이 이 땅에서 예술을 완성했다. 추사가 그러했으며 충암이 그러했으며 연암이 그러했다. 추사 김정희는 9년의 유배 기간에 '추사체'를 완성했으며, 불후의 명작 〈세

한도(歲寒圖)〉를 그렸다. 김춘택, 김정, 최익현, 김윤식 같은 당대 문장가들은 명문을 남겼고, 고독한 예술혼을 뜨겁게 달궜다. 그들의 빈한한 예술혼을 달래준 것은 바로 제주의 황량한 자연이었다.

그러나 옛 제주사람들에게 이 섬은 거칠고 메마르기만 한 땅. 시시때때로 바다의 경계를 넘어온 왜구의 수탈에 빈한한 살림살이를 다 내놓아야 했던 외로운 섬이다. 그 때문에 1901년 프랑스 천주교의 횡포에 맞서 이재수의 난을 일으켰으며, 일제강점기인 1930년대에는 제주 잠녀들이 최대의 항일운동을 일으키기도 했다. 오랜 저항 정신이 스며 있는 제주도의 지울 수 없는 상처는 현대사의 비극, 제주4·3항쟁이다. 제주도를 하루아침에 '붉은 섬'으로 내몬 가장 참혹했던 역사의 바람이었다. 국가 공권력이 동족끼리 적을 만들었던 야만의 시대, 광기의 시대였다. 이 치명적인 제주4·3항쟁을 사람들은 '무자년 난리'라고 했다. 그날 이후 한라산과 오름, 바다 어디든 제주의 가장 아름다운 절경마다 학살터 아닌 곳이 없다.

세계자연유산 '성산'은 멀리서 보면 성채처럼, 섬처럼 떠 있다. 바다 위로 가장 장엄하게 해가 솟구친다는 곳. 수

많은 사람이 이곳의 숨막히는 해돋이 앞에 경의를 표했다. 그것의 골격미 앞에 몸을 떨었다. 바다에 솟은 산이라니! 성산은 올라서 보는 것보다 조금은 떨어져 봐야 아름답다. 말미오름 위에 올라서 바다를 보라. 오름은 성산을 내려다보고 성산은 오름에 다가가려 한다.

성산일출봉이 보이는 모래밭은 그 옛날 말들을 진상해가던 수마포. 성산이 가장 멋스럽게 보이는 곳이다. 성산의 아래로는 태평양전쟁 말기의 흔적, 일제 갱도 진지들이 보인다. 그 동굴을 파야 했던 이들은 제주민들이다.

그리고, 더이상 외면하지 말자. 수마포와 우뭇개 앞에선 잠시 쉬어 가자. 이 모래밭은 아픈 역사의 상처를 거느린다. 1948년에서 1949년의 겨울, 이 바닷가에서 수많은 목숨이 바다에서 올라온 멸치떼처럼 너부러져 있었다. 모든 제주 자연의 절경 앞에는 해원해야 할 목숨들이 있다. 따라서 저 검푸른 바다가 거느린 내면은 전혀 온유하지 않다. 그럼에도 저 기억의 바다는 구불구불 기막힌 선을 자랑하는 해안선의 미학을 완성한다. 그 바다 위에서 세계인들이 찬탄하는 강인한 모습의 제주 잠녀들이 오늘도 서북풍 찬 겨울 속에도 물에 든다.

돌밭 위에서 섬의 생은 출렁였다. 거칠게 심줄 드러낸

흙살 위로 드러난 거대한 암반인 빌레(너럭바위) 위의 삶이었다. 제주 해안선을 30바퀴 둘러칠 수 있는 길이의 돌담이다. 바다로부터 솟구치고 일어선 용암은 흘러흘러 가면서 단단한 암석을 만들었다. 그것의 운명은 급하고 혹은 느리게 비틀리면서 마지막에는 바다에 이르러 숨을 거뒀다. 이것이 수풀과 나무와 바위로 질펀한 곶자왈 용암의 생애다. 제주인의 거친 삶은 자연을 닮아 있다. 그러한 용암의 흔적이 완강하게 드러나는 곳인 곶자왈은 제주 생태계의 심장이다. 돌담 위에서 숲을 이루는 온갖 덩굴식물과 향기로운 야생의 식물들도 여기서는 원초적 본능을 숨기지 않는다.

온갖 양치식물과 활엽수가 용암의 흔적인 거대한 바위와 얽히고설키며 살아가는 곳, 곶자왈은 제주의 속살을 만질 수 있는 원시림이다. 용암이 이룩한 시간의 힘은 세계자연유산 거문오름 용암동굴계를 만들어냈다.

팍팍한 화산회토의 돌을 치우면서 사람들은 농사를 지었다. 아무렇게나 그 돌들을 치워내면서 쌓인 '잣벡(돌담)'은 또 하나의 밭 풍경이다. 무덤가에도 겹담을 쌓기 위해 사람들은 등짐으로 져 날랐다. 상잣담, 하잣담, 환해장성, 밭돌담과 어우러진 흑룡만리(黑龍萬里)의 섬, 중국의 만리장

성에 빗댄 황룡만리보다 훨씬 더 긴 '만리잣담'이 있는 곳, 이곳이 제주도다.

바닷가 자연이 빚어낸 수직의 바위들인 주상절리는 어떠한가. 거친 역사의 바다와 바람이 빚어낸 화산땅, 제주의 걸작이다. 돌의 섬, 그물이 없던 시절 고기를 가두고 잡는 돌그물과 돌 소금밭도 제주의 독특한 생활문화였다. 돌하르방, 방사탑, 미륵, 돌절구, 돌화로, 마을 포제단 등 돌 없는 섬의 삶과 민속은 상상할 수 없다. 구멍 숭숭난 그 돌담의 구멍 사이로 바람이 통과하고 빛이 통과하며 제주의 농사를 거들었다.

제주도는 1만 8천 여 신들의 섬. 자연과 역사와 인물에 신화와 전설이 없는 것이 없다. 그 신들의 왕국을 대변하듯 중산간의 와흘본향당의 오래된 팽나무 아래 신당에서는 많은 사람이 비념을 한다. 중산간은 해변도 아니고 산촌에도 섞이지 못하는 경계. 허나 한라산을 가장 가깝게 품은 원형의 땅이다. 제주4·3 시기 중산간 마을은 수없이 불에 타 사라졌으며, 중산간 사람들은 바다로 산으로 숨었고 죽어갔다.

지금은 중산간 역시 군데군데 문명의 얼굴로 우리에게 보이고 있다. 그럼에도 다른 어느 지역보다 제주의 본질적인 미학이 살아 있다.

제주도는 섬 전체가 민속의 보고다. 의, 식, 주 어느 하나 육지의 그것과 구별되는 매우 특이한 존재의 땅. 처음 찾은 사람들은 이 땅의 기질과 색감과 질감이 뿜어내는 산과 바다와 공기에 매혹당한다. 끈질긴 제주인의 정신을 보여주는 민속들, 독특한 제주어, 살아 있는 신화도 세계문화유산의 가치라고 말한다.

제주도는 특별자치도가 됐다. 그동안 중국, 일본, 러시아, 미국이라는 주변 강국에 둘러싸인 동북아 요충지대라는 점에서 늘 섬의 운명을 겪어야 했던 제주섬. 욕망의 눈으로 탐색하던 섬이다. 그러나 그 비바람 속에서도 아름다운 자연과 민속을 지켜낸 땅이다.

역사의 바람을 뚫고 가파르게 살아온 제주사람들에게 평화란 반드시 꿈꿔야 할 이유가 아닌가. 그럼에도 문명은 늘 섬의 미래를 위협한다. 제주특별자치도의 한쪽에는 세계평화의 섬이, 한쪽에는 이 자연의 가치를 인정받은 유네스코 세계자연유산의 섬이 제주를 호위하고 있다. 세계의 관광객이 찾아와 그 아름다움에 찬탄한다. 제주의 풍경은 산길, 바닷길, 숲길, 산과 바다가 공존하는 길. 어느 하나 뗄 수 없는 명품이다. 하지만 제주는 환경과 그것의 보존이라는 양날개가 큰 모순의 날개를 일으키며 충돌하는 지점에 와 있다.

겨울 햇살에 늙어가는 억새가 금빛으로 몸을 뒤튼다. 이 제주의 길, 제주의 보석도 인간의 탐욕이 너울거리는 순간 돌연 섬의 근육마저 바뀔 것임을. 우리는 쉬이 잊는다. 마음으로 보면 더 숨막히는 아름다움인 것을.

변하지 않는 것은 보석이 된다

-굿만 찍던 사진가, 김수남

본다. 사라진 영등굿의 애잔한 바람을. 끊임없이 바다에서 비념하는 사람들, 아시아 변방 민중의 얼굴을. 펄럭인다. 비린 바닷바람 속 무녀의 하얀 천이. 흘러간다. 제주 바다의 처연한 무가 한 소절도. 사라진 것들은 오로지 사진 속에 살아 있다. 기록이란 그런 것이다. 허나 그 순간을 살려낸 이를 우린 쉽게 잊는다.

김수남. 끊임없는 문화 탐험가였던 당대의 사진가. 아시아의 어떤 황홀과 적요 앞에선 만월을 가슴에 담아오라고 권하리라던 사람. 치열했던 사진 인생, 그를 기억한다.

그의 작품, 촘촘한 취재 노트 앞에서(김수남 특별전 – 極 끝없는 기억, 제주도립미술관, 2015.2.13.~5.3.). 중앙지 기자였던 그는 늘 무거운 카메라를 들고 종종 제주의 굿판 혹은 여러 제주의 배경 앞에 나타났었다.

왜 굿을 찍는가. 사진가 김수남. 그는 스스로 그랬다. "사라지는 것들에 대한 애달픔 때문"이라고. 사람들이 왜 굿만 찍느냐고 하자, 다양한 인간의 의례 속에 굿과 장례가 있었을 뿐이라 했다. 죽음과 삶, 고통과 환희, 좌절과 희망이 거기 있었던가. 그러고 보면 굿은 현재형의 인간사다. 그의 예감처럼, 이제 제주칠머리당 영등굿은 유네스코 세계무형문화유산이 됐다.

사라지는 것들에 대한 그의 시선은 1970년대부터. 새마을운동, 근대화의 거센 열풍에 우리 고유의 것들이 사정없이 무너지고 있을 때다. 유형의 것도 좋지만 무형의 것도 담아두자. 이 무식한 근대화의 바람이 지나갔을 때 자료로나마 사람들에게 도움이 될 수 있을 거다. 그랬다. "굿은 곧 미신이고 미풍양속을 해친다"며 풍속사범으로 구속되던 시절. 당시 제주 고유의 것들이 얼마나 사라졌는가.

80년대, 그는 안정된 직장에서 스스로 걸어나왔다. 천천히 사유하면서 느린 박자로 움직일 수 있는 프리랜서의 길. 그가 향한 곳은 유럽 문명의 그늘에 가려진 아시아였다. 거기 숨은 문화유산 보석 찾기. 그의 시대에 사라져 가는 것들이었다. 그는 그것들을 인류학자의 눈으로 보고, 글로도 기록했다.

그가 처음 찾은 곳 오키나와. 역사와 문화가 제주와 닮은 운명의 섬. 바다가 불붙는 것 같던 노을 앞에서 유년의 함덕 바다를 떠올렸다는 그다. 놀랍도록 닮았다. 그곳의 풍년제와 제주의 마을 당굿, 쌀점을 치는 심방의 모습. 태평양전쟁 속에 끌려와 죽어간, 떠도는 한국인들의 흔적도 보았다. 그의 렌즈는 그러한 모든 것을 붙잡는다. 가만히 앉아 관조하면서 바람이, 음악이, 또는 사람이나 사물이 들려주는 이야기를 좋아했다는 사람. 그는 인류학자나 저널리스트들이 쓴 한 문장을 따라, 그 지역의 순수한 삶의 풍경을 따라 걷고자 했다.

항시 그의 눈은 화려함과는 먼, 드러내지 않은 아름다움을 간직한 외진 문화인 변방의 문화에 꽂혀있었다. 허나 유럽 문명의 그늘에 가려진 아시아적 가치였다. 어떤 여행자처럼 슬픈 사람들의 역사를 만났고, 헤어졌다. 고통스러운 행복. 그것이 삶의 길이자 예술의 길이다. 일본에선 작년에도 사진집이 베스트셀러가 됐다. 우리에겐 좀 먼 얘기. 돈이 되는 사진집은 드물다.

남보다 한발 앞서 걷는 사람들의 길은 척박하고 힘들다. 그는 문화예술에 대한 지원이 턱없이 나약하던 시대를 살았다. 그의 바람은 다만 다음 세대들에겐 좀 더 많은 지원과 관심을 주었으면 하는 거였다.

2015년에 열렸던 그의 9주기 특별전. 굿 사진을 한없이 높은 굿 예술로 끌어올리고 떠난 한 격렬했던 인간의 호흡이, 눈길이 느껴진다. 먹먹하다. 숨막히는 비애, 아름다움, 역동성이 가슴을 친다. 현장을 사랑하던 이 위대한 작가는 현장에서 몸을 바쳤다. 향년 57세. 2006년이었다. 동지였던 사랑하는 아내와 제주 어느 폐교 하나 빌려 사진 갤러리를 열고 싶다는 꿈을 끝내 이루진 못했으나 그는 사진으로 말한다.《변하지 않는 것은 보석이 된다》. 이따금 그가 보내왔던 그 책 제목이 생각난다. 문화의 가치가 극점인 시대. 요리조리 뻥뻥 뚫린 중산간을 지날 땐 더 생각난다. 우린 지금 우리가 지킬 문화유산이 있다면 제대로 지켜내고 있는지. 변하지 않는 것이 없는 세상. 그래서 '변하지 않는 것은 보석이 된다.' 바로 지금, 그가 제주도에 던지고 싶은 말은 아닐까.

저, 제주도에 관광하러 온 사람 아니거든요

정물오름 기슭, 말떼가 한가로웠다. 그 앞으로 한 무리의 젊은 관광객들이 사진을 찍고 있었다. 얼마 전 한림 금악리 성이시돌목장을 지날 때였다. 호젓한 길가, 빛바랬으나 독특한 건물 테쉬폰 앞에서다. 언제부턴가 이 독특한 건축물은 관광명소가 됐다. 1960년대 목장을 지을 때 세워진 이 건물. 그 시절, 숙소나 돈사, 사료 공장, 성당으로도 사용됐던 삶의 흔적이다. 테쉬폰은 여기서 시작해 군데군데 확산됐으나 이젠 거의 사라졌다.

2천 년 전부터 내려오는 이라크 바그다드 건축물 양식

이 기원이라는 테쉬폰. 거센 태풍과 지진에도 견뎌내는 곡선형 쇠사슬 형태, 얼마나 단단한 구조인지 그 안에 들어서는 순간 압도된다. 스쳐가는 사람들은 이 독특한 건축물이 바로 한 이방의 성자가 제주에 바친 사랑의 헌사임을 알까. 또한 중산간 역사의 한 대목임을 알까.

'중산간.' 이 이름에선 스산한 초원의 향기가 느껴진다. 산과 바다의 중간 지대. 어떤 감춰진 속살의 지대 같은. 중산간이 어떤 땅이더냐. 이 섬땅의 현대사에서 가장 슬픈 마을. 4·3의 거친 광풍은 농사지으며 소박하게 살아가던 사람들의 가슴에 깊은 트라우마를 새겨놓았다. 황량한 들에서 사람의 마을은 얼마나 떨었던가. 사람들은 잿더미의 마을을 떠났고, 뒤늦게 돌아와 집을 지었다. 4·3으로 잃어버린 마을만 130개가 넘는다.

1954년, 아일랜드에서 온 수려한 외모의 한 젊은 사제가 그 중산간 사람들 속으로 걸어들어갔다. 맥그린치 신부. 사제가 처음 그들을 만났을 때 느낀 것은 벗어날 수 없는 가난과 어떤 상처였다. 사제는 우선 흉터처럼 박힌 섬의 상처를 끌어안았다. 소리죽여 우는 농민들을 껴안았다, 폐허의 대지에 성소를 세웠다. 어떻게든 살아갈 의지를 심어줘야 했다.

가난한 그들을 위해 사제가 맨 먼저 한 일은 바로 학교를 못 간 젊은이들에게 매주 현대식 영농교육을 한 것. 당시 그는 경기도 4H클럽에서 임신한 돼지 한 마리를 샀다. 한림성당 옆 조그만 마당에 돼지우리로 초가집을 지었다. 돼지가 새끼 열 마리를 낳았다. 이 돼지들을 한 마리씩 일일이 아이들과 계약했다. 집에 가서 길러 새끼를 낳으면 상환하라 한 것. 아뿔싸. 가난한 농가에선 키우던 돼지를 집안 잔치로 써버려 우는 아이도 생겨났다. 문제는 여름철 돼지우리를 뚫고 산야를 타넘던 그 '아름다운 향기'였다. 진동하는 축사 냄새에 사람들이 코를 잡으며 못 견뎌했다.

그때 시급한 것이 현대화된 숙소와 돈사였다. 그는 고향 아일랜드에서도 벤치마킹한 테쉬폰을 떠올리며 제주에 곧 짓기 시작했다. 이것이 전국적으로 확산됐던 테쉬폰의 출발이다. 사제는 사재를 털어 가장 쓸모없는 돌밭을 사들이고 그 땅을 비옥한 대지로 바꿔놓기 시작했다.

온갖 곡절의 시대, 그것은 새로운 실험이었고, 기적이었다. 그는 무엇보다 이 중산간 마을을 사랑했다. 황량한 들판은 광활한 성이시돌목장으로 재생됐고, 마을 살리기의 원조가 됐다. 평생 사랑을 실천하러 왔을 뿐이라는 맥그린치 신부. 그가 택했던 곳은 중산간이었다. 해변도 아니고 산촌에도 섞이지 못하는 경계인 중산간. 하지만 한라산을 가장 가깝게 품은, 제주 본질을 품은 원형의 땅. 많은 사람이 살기는 어렵지만 변하지 말았으면 하는 공간이다. 이제 중산간 마을의 모습은 많이 변했다. 세월이 흘렀으니. 아쉽고, 안타깝다.

마을 주민들의 삶의 방식 또한 격하게 바뀌고 있다. 이질적이어서 균형을 깨는 건물들도 보인다. 이제 중산간 길 위에서 순간의 빛나는 풍경을 포착하기란 정말 어렵다. 길과 길, 거대한 포클레인들이 풍경을 지우고 또 지우고 있으니.

"제주도 관광? 저 관광하러 온 사람 아니거든요." 그가 웃으며 한마디했다. 이 말에 부끄러웠던 기억이 난다. 맥그린치 신부를 만나 긴 인터뷰를 할 때였다. 평화로운 제주를 살리려면 중산간, 해변 마을 중심으로 머무는 가족관광으로 가야 한다던 조언이 기억난다.

개발과 보존을 놓고 격한 논쟁은 여전하다. 제주 지역의 순유입 인구는 2010년 437명을 시작으로 해마다 가파르게 상승해왔으며, 특히 2016년에는 1만 4천 632명으로 정점을 찍었다. 2018년 들어 같은 해 9월까지 순유

입 인구는 8천 110명으로 줄었으나 그럼에도 여전히 한 달에 약 900여 명의 이주민들이 제주땅을 밟은 셈이다. 노출될 대로 노출된 땅, 가치를 지켜내고자 하는 강력한 밑그림은 행정이 그려내야 한다. 당대에 전부 개발한다면 미래에 무엇을 남길 것인가.

지난 2015년 임피제기념사업회에서는 그 가치와 의미가 충분한 테쉬폰의 등록문화재 지정 신청을 했다. 24채의 건물 모두 건축물대장에 등록되지 않아 몇 년간 난항을 겪었지만 2018년 8월, 남아 있는 테쉬폰 가운데 성이시돌목장에 있는 2채를 지정문화재로 신청했다. 문화재청은 현장조사 이후 근대문화재분과 심의를 거쳐 최종 결정하겠다는 입장을 밝힌 상태다.

자기 숨만큼 해야지

–최고령 해녀 고인오

서귀포 색달리 바다에서만 물질 76년. 제주도 최고령 해녀 고인오는 오늘도 미역이며 해삼, 소라 채취에 여념이 없다. 3대가 모두 물질하며 어우러져 살아온 그들에게서 제주해녀의 강인함과 호방함을 본다.

"자기 숨만큼만 해야지 그걸 넘어서면 안 돼. 숨을 아껴야 해. 욕심부리다간 실패하지. 바다가 세면 들어가면 안 돼. 숨이 2분 넘어가면 안 돼."

바다 위 검은 오리발, 둥근 테왁 들이 부표처럼 둥둥 떠 있다. 멀리서 보면 흡사 염주알 같다. 격정적인 남국의 햇살. 이윽고 한 무리의 해녀들이 뭍으로 나온다. 망사리 가득 소라, 해삼, 미역이다. 그러고도 한참 후, 맨 마지막 선수처럼 검정 고무옷의 그가 모습을 드러냈다. 한 망사리 미역을 어깨에 둘러맨 훤칠한 키, 단단한 체구, 꼿꼿한 걸음걸이. 물안경을 올리니 얼굴이 드러났다. 나이를 짐작할 수 없는 강건한 인상, 올해 아흔한 살 제주해녀 고인오. 제주도 최고령 해녀다. "미역 캐고 저 큰 바위 쪽에서 여기까지 헤엄쳐 오려니까 시간이 걸렸어. 여기서 안 보일 만큼 먼바다로 나가서 물질했어."

쉴 틈도 없이 그가 미역을 하나씩 바위 위로 척척 펴서 널기 시작한다. 어느새 현무암 바위는 천연 건조장, 고인오의 미역밭이다. "미역은 연하고 부드러운 게 맛있어." 툭툭 한마디씩 던지며 미역을 다듬는 저 늙은 손, 햇살에 선명하다. 이 미역의 몸들은 깨끗한 해풍과 햇살 아래 곧 바싹 말려질 것이고, 상품화될 것이다. "이 바당이(바다가) 좋지만 물건이 많이 어려워졌어. 문어도 전복도 많이 없어졌어."

한창때의 수확량에는 못 미치지만 그에게는 이 바다가 삶 그 자체다. 인생의 유년에서 청춘의 시기를 여기서 보냈고, 늙은 몸을 이 바다와 섞으며 살고 있으니. 제주 최고의 관광단지가 된 중문. 여기에 조상 대대로 지켜온 색달리 바다와 산다. 갯가의 샛노란 유채꽃 아래 해녀들이 타고 온 오토바이가 가지런하다. 병풍처럼 둘러쳐진 바다 절벽 위로는 온갖 수종의 나무들이 비린내를 껴안고 있다. 작은 키를 세우고 해풍에 비틀린 채. 경이로운 그의 물질을 두고 동료 60대, 70대 해녀들도 혀를 찬다. 두 사람의 인생을 사는 셈이 아니고 뭐냔다.

"이 할망은 말로 표현할 수 없어. 아무도 따라가지 못해. 누구보다 앞서서 나가고 무거운 것도 거뜬하게 들어. 우린 졸졸 따라갈 뿐이야. 이런 바당어멍(바다의 어머니)은 이 나라엔 없는 것 같아." 젊은 해녀들보다 고인오는 수확량도 두 배다. 물질 기량 역시 모두 그를 앞서지 못한다. 동료 해녀들은 그를 두고 '바다 요왕(용왕)의 딸'이란다. 눈 감고도 구석구석 환한 바다. 해가 뜨지 않은 날은 있어도 이 바다에 들지 않은 날은 없었다. 바람센 날만 제외하곤 말이다.

대상군 해녀(최고 해녀) 고인오. 아침부터 4시간의 물질을 마친 그가 고작 빵 한 조각으로 "점심 됐다" 그런다. 그는 아직까지 바다에서 한 번도 위험한 순간을 겪지 않았다 했다. 일찌감치 바다의 내면을 알기 때문일까. 아니다. 욕심내지 않기 때문이란다. 쉬는 날이면 깊은 낮잠에 빠진다. 쉴 땐 편하게 쉬어야 한다는 것.

그녀의 물질은 그냥 '심상하게' '예사롭게'다. 그저 '가서 한다.' 눈에 보이면 한다. "호맹이로 잡으려는 순간 문어가 쏙 들어가버리면 잡을 수 없어. 운이 좋으면 내일 다시 들어가면 또 나와." 그는 민물에서도 고기를 잘 쏘았다. 이제는 나이들어서 하지 않지만. 젊은날 그의 소살 솜씨는 알아줬다. 아직도 밝은 귀, 칼칼한 목청, 고인오의 건강 비결은 이러한 심상함이 아닐까. 또 하나, 음식이다. "직접 건진 싱싱한 것만 먹고 사니까 몸이 건강할 수밖에 없지."

물숨 하나에 이승과 저승의 경계를 가르는 물질. 그래도 몸이 예전 같지 않단다. 이제 몸이 늙어가니 숨이 가빠지는 걸 느낀다는 이 늙은 해녀 대장. 해녀들한테 항시 "숨을 다 먹고 나오려면 안 된다. 전복이나 문어나 깔려 있는 것을 봐도 나와서 숨쉬고 들어가서 떼라. 30초 때문에 죽는다"고 당부하기 때문일까. 이따금 다른 바다에서 해녀들이 목숨을 잃는 사고가 있어도 아직까지 이곳 색달리 해녀들에겐 그런 일이 없었다. "혼자서 물건 따라가다 보면 아주 멀리 가게 돼. 옆 사람도 못 봐. 물건 따라 막 가면 자연산 전복도, 홍해삼도 잡을 수 있어." 때문에 해녀들에게 위험은 복병처럼 늘 따른다.

아주 드물게 산소통 없이 물속 20미터까지 내려가는 대상군 고인오. 2분 정도 숨을 참는다. "내려가면 절벽이 보여. 17미터만 내려가도 마음으론 숨이 막혀. 죽어질 거야. 밖에서 숨쉬는 것하곤 달라. 숨 참는 비결이 젤 중요해." 숨이 다 차서 물 밖으로 나올 때는 저절로 숨이 "어허" 나온다. 다음엔 '호오이, 호오이' 숨비소리다. 참았던 소리기에 그 소리가 더 애잔하다. 그렇게 물 밖으로 올라오며 보이는 하늘, 그때가 가장 황홀한 순간이다. 아마 이 매력이 그를 자꾸 바다로 불러내는지도 모른다.

파도를 두려워하는 열다섯 딸에게 그의 어머닌 매일 물속으로 머리를 집어넣으며 가르쳤다. "물질해야 먹고 산다. 물을 겁내지 마라." 숨을 참고 내쉬는 요령을 가르쳤다. 타고난 건강체, 폐활량이 영향을 끼친 걸까. 두렁박 하나에 몸을 의지하고 물속 세상을 내 집처럼 휘젓기 시작했다. 바닷가에서 태어난 제주 여인들은 누구나 그렇게 숙명처럼 물질을 배웠다. 오죽하면 "해녀는 아기 낳고 사흘 뒤면 물속에 든다"는 말이 나왔던가. 매일이 숨가쁜 삶.

오죽하면 "칠성판을 등에 지고 산다" 했을까.

그는 색달 해녀 중 가장 키가 크다. 소녀 때 자란 키란다. "걸어갈 땐 저 큰 비바리 보라 했어. 원래가 건강해. 우리 어머닌 오래 안 살았어. 일흔다섯쯤 돌아가셨어. 어머니 나이면 죽을 줄 알았는데 난 지금도 살아."

옛날엔 '작은 눈(족쇄눈)'으로 했지만 이젠 '큰 눈'이 넓게 보여서 좋다. 그녀가 귀에서 쑥을 스윽 꺼냈다. 쑥으로 귀를 막으면 물이 들지 않는단다. '큰 눈'은 쑥으로 닦아야 김이 서리지 않고 맑아진다. 지금은 고무옷을 입지만 젊은 시절엔 소중이(속곳)만 입고도 했다. 물적삼(무명천으로 된 윗옷), 속옷만 입은 채 물질을 했다. 허리에 무거운 납덩이 차고, 테왁, 망사리, 비창, 호미, 소살(대나무로 만든 작살) 같은 물질 도구들을 들고서. 바람 불고 시린 날, 그렇게 맨살로 바다에 들었다가 물 밖으로 나오면 몸이 저절로 발갛게 붓고 떨린다. 오래 버티기도 힘들다. 해서, 곧바로 해녀들의 쉼터이자 수다방인 '엉덕 불턱'에서 장작을 떼고 몸을 녹였다. 이젠 이 불턱은 방파제 공사하느라 없어졌지만. "이젠 잠수복도 이런 고무옷이 나오니 태평이지. 완전 좋은 거지."

제주해녀. 오래전부터 일본, 중국, 소련 블라디보스토

크까지 나가 물질을 했던 강인함과 당당함의 상징인 여인들. 가족의 생계를 책임지기 위해 먼바다로 나갔다. 고인오는 해외로 나가지 못했지만 젊어서 구룡포, 감포 한반도 주변 바다를 누볐다. "바다에 오면 시원하고, 가면 돈인데. 숨비질 배우면 다 자기한테 득이 돼." 물질하고 번 돈으로 집 사고 밭도 샀다. 이것이 보람이다.

열일곱에 결혼했다. 딸 하나 둔 스물셋에 첫 남편이 전쟁에서 죽었다. 그땐 그도 죽고 싶었다. 우여곡절 끝에 재혼. 제주의 역사적인 비극 4·3사건 때는 남편이 경찰관인 덕에 죽지 않았다. 그는 물을 무서워하는 10대의 딸들에게도 물질을 전수했다. 그의 어머니가 그랬던 것처럼. "이것 배워야 돈도 벌고 건강하고 오래 산다. 자식들도 공부시킨다. 이거 안 배우면 할 게 없다. 물질만 배우라, 배우라 했지."

그의 큰딸 강인자(73세)는 귤 농사하랴, 물질하랴 잠시도 쉴 틈이 없다. 처녀 땐 물질을 잘했다. 하지만 귤 농사가 많은 곳에 시집을 간 후론 물질보다 농사일에 더 매달려야 하는 삶이다. 작은딸 강명선(62세)은 이 색달 해녀들을 이끄는 어촌계장. 며느리 역시 36년 베테랑 해녀. 그녀는 대를 이어 딸과 며느리가 물질을 함께 하는 것이 기쁘다. 자신이 많이 수확한 날보다 딸이나 며느리가 많이 잡는 날 더 기분이 좋단다.

어촌계장 강명선. 다부진 몸매, 별다른 화장의 비법 없이도 피부가 곱다. 책임감과 통솔력이 필요한 어촌계장 16년째. 그녀는 이곳 해녀 식당의 장사도 해야 한다. 어슴푸레한 새벽에 나와 낮 12시가 다 돼서야 물에서 나온 이들의 수확량은 다른 날보다 꽤 좋다. 제주도 내 19개 어촌계의 해녀 4천 5백여 명 가운데 색달 어촌계에는 불과 23명. 그러니 모두 한가족 같다. 31명이었지만 다들 아파서 작업을 더이상 하지 않는단다.

강명선은 청소 당번도 정하고 매일 아침 나무젓가락 하나 버리지 않기 운동을 벌인다. 때문에 색달리 바다는 지금도 깨끗하기로 소문나 있다. 소라도 작은 것은 물에 그냥 놔두고 크면 잡는다. 서로 돕는 공동체 문화가 강한 해녀 사회, 서로에 대한 배려가 없이는 이 힘든 작업을 같이 할 수 없다. 강명선은 어머니를 많이 닮았다. 긍정적인 성격, 나이보다 젊은 외모나 회를 썰어내는 날렵한 손놀림도, 물질 솜씨도 그렇다. 15미터 물속 깊이 들어가는 폐활

량도 타고난 걸까. "홍해삼 하나 잡아도 기쁘고, 자연산 전복 하나 잡아도 기뻐요. 힘들지만 운동도 되고, 바닷속이 좋아요. 수입 좋은 때는 많이 벌 때도 있지만 공치는 날도 있죠."

물질은 14일은 개인 작업, 16일은 공동 작업이다. 개인 수확물은 관광객들에게 직접 판다. 그것은 자기 수입이다. 하루에 30~40만 원 벌기도 하고 훨씬 못 버는 사람도 있다. 공동 작업 때는 장사도 조별로 한다. 한 달에 한 번 1천 500만 원의 소득이 생기면 1인당 70만 원 이상씩 분배한다. "가끔 스트레스를 받는 일이 있기도 하지만, 비교적 다른 어촌계에 비해 화합도 잘돼요." 의논할 일이 생기면 수시로 회의를 한다. 해녀들의 세계엔 질서가 중요하다. 해양경찰대에서 정해둔 조업 규칙도 있다. 나 홀로 조업은 삼가고, 위험 발생 시 도움을 받을 수 있도록 짝 조업을 할 것. 잠수는 1회 1분 이내, 조업은 무리하지 않게 하루 4시간, 한 달 8일 조업 등의 원칙이 그것이다. 특히 70세 이상 고령 해녀들은 수심 얕은 곳에서 하루 2시간 이내 조업하라고 권한다. 고령화되다보니 올해도 제주도 전역에서 3명이 목숨을 잃었다는 소식이다. 그럴 때마다 모두 자기 일처럼 가슴이 아프다.

"어머니께 이제 그만 하라고, 추울 때, 눈 올 때 비 올 때랑 가지 말라고 해도 집에만 있으면 잠만 잔다고 바다로 나옵니다. 귤 따는 일을 하고도 물질하러 나갑니다." 어머닌 두 딸이 안쓰럽고, 두 딸은 아직도 물질하는 어머니가 안쓰럽다. 그래도 어머닌 큰 바람막이고, 영원한 바다의 스승이다.

강명선은 딸 넷에 아들 하나를 뒀다. 허나 그의 자식들은 아무도 이 힘든 물질에 인생을 걸지 않았다. 해녀 가족의 맥이 끊어질 거라 생각하면 아쉽기만 하다.

며느리는 아직까지 정책적으로 그 어떤 근본적인 혜택도 주지 않는 현실을 꼬집는다. "유네스코다 뭐다 하는 것보다 해녀들에게 실질적인 복지 혜택을 줘야 해요." 물질한 후엔 기운이 소진돼서 집에 가서 아무것도 못하는 것이 해녀들의 현실이다. 해녀들은 대부분 만성두통에 시달린다. 시어머니 고인오도, 며느리도 두통약을 달고 살다보니 위가 많이 망가졌단다. 그러나 대상군 해녀 고인오는 바다가 그를 건강하게 해줬단다. "난 물질해서 건강해진 것 같아. 집에 있으면 심심허고……. 움직일 수 있을 때까진 이 일을 할 거야." 소녀처럼 환하게 웃는 저 웃음, 누가 100살을 향해 가는 해녀라 하겠는가.

"이어사나 이어도나/ 이어도사나 헤이/ 우리 배는 잘도 간다 이어도사나/ 우리 어멍 날 날 적에 에에/ 해도 달도 없는 날에 나를 낳고/ 이어도사나 잘도 간다 잘도 논다/ 우리 인생 잘도 논다 이어사나……."

해녀들이 부르는 〈이어도사나〉가 경쾌하게 제주의 봄 바다를 가른다. 저승길도 알아보는 해녀. 예순두 살의 딸도, 예순의 며느리도 이 거센 물결 바닷속에서 산다. 굽이 굽이 고비길, 그들의 삶이 바다에서 꽃을 피운다.

바다가 그를 끌고 가는가. 그가 바다를 끌고 가는가. 거친 화산섬 제주도에서 태어나 평생 이승과 저승의 바다를 드나들며 살아온 당당한 대상군. 그는 바로 화산의 딸이다. 바다의 딸이며, 바다의 여신이다.

해녀 고인오는 지난 2016년 세상을 떠났다.

해녀 고인오

모든 굽이치는 것들이
구부러지면서 내게로 이르더라
휘어지지 않고 이르는 희망이 어디 있겠나
뼛속 상처 건드리지 않고 솟구칠 수 있겠나

내가 없어지고
네가 없어지고
마침내 부서져서
그 바다에 이르면

삐죽 눈 흘기던 물고기가 보이고
내 손바닥보다 큰 수전복이 보이고
횃불로 문어발 꼬시락거리던
내 어머니의 어머니가 보이고
지상으로 심심해서 마실 나온 별들이 보이고

내가 바다를 끌고 가는가
바다가 나를 끌고 가는가
계곡을 오르듯
물속 또한 얼음처럼 버텨야 보이는 세상이야
물속 저린 뼈 삭이고 삭여야 보인다네

그 곳은 극과 극의 세상
들판으로 나가는 거야

엎치락뒤치락 들고 나는 동안
젊은 나의 바다는 여전하다네
나는 바다 요왕의 딸
오늘도 나의 잠수는 깊고 깊다네

간혹 그 슬픔의 뼈 삐어져 자랄까
아무 일도 없었던 것처럼
분홍 해삼 하나 잡으면 아무 생각도 없어

물에선 매의 눈, 십오 미터 외작살 매 순간 훌쩍
돌고래 출몰엔 혼이 나갔어
나무관세음보살
외고 또 외웠을 뿐이야

바다 벼랑을 본 적 있나
이십 미터에선 절벽이 보이지
온 숨 막히지, 물벽
아서라, 절대 네 숨을 넘어선 안 되느니
물속 무섭단 딸에게 그랬지
어머니가 그랬듯이
물질 배워야 수명 장수한단다
열세 살 바다라는 학교에 들어
광야의 바다를 돌고 돌았지
"어 허"
찬란한 아흔둘

제주 바람은 밥이다

제주섬을 받치고 있는 것은 바람 아닌가. 제주 바람은 온 섬에 지문을 남겨놓는다. 밭이랑에도, 현무암에도, 비틀리고 멍든 팽나무에도, 휘어진 소나무에도, 움푹 파인 둥근 오름에도, 바다에도. 또 있다. 바다를 향한 붉은 칸나에도, 돌쩌귀에 핀 갯메꽃의 귓불에도, 바람결이 새겨져 있다. 섬의 바람은 당신 마음의 지도에도 흔적을 새겨놓는다.

제주 바람 속엔 숨비소리가 산다. 제주도에선 곶자왈에도, 들판에도. 바람 부는 날, 제주섬 한 바퀴를 돌아보라.

우우우 바람 속에 들려오는 쇳소리에 귓불이 꺾일 것이다. 아니다. 비릿한 숨비소리와 휘이익 몰아치는 바람 소리가 뒤섞여 잠시 길을 잃을지 모를 일이다. 해녀들의 숨소리는 바람 없이 어떻게 멀리 날아가겠는가. 세찬 바람 속 여인의 호흡이 어찌 대양까지 멀리 이르겠는가.

제주섬에 온 절망은 우수 어린 바람이 치유한다. 거친 슬픔도, 화산 땅의 팍팍한 모래도, 섬의 바람이 감수한다. 때론 강풍으로, 때론 부드럽게, 때론 속삭이는 사랑처럼 달콤한 목소리로. 상냥하게 어루만진다. 그 바람 속에 안개를 뚫고 온 바다의 무가 소리가 뒤섞여 파도로 무너진다.

제주엔 바람이 데려다준 종자들이 산다. 제주 바람은 씨앗을 실어날랐다. 저 북촌 바다 앞 다려도의 해녀콩도, 토끼섬의 문주란 씨앗도 바람을 타고, 파도를 타넘고, 왔고, 갔고, 거기 산다. 너울너울 바람 없이 그것들은 어쩌자고 그 섬까지 갔겠는가. 그 씨앗들은 울퉁불퉁 그 섬의 돌 쩌귀 어딘가에서 뿌리를 박고, 그들의 나라를 만들었다. 대찬 바람결에 피어난 강한 콩꽃들, 그것들은 흔들리나 꺾어지지 않는다. 다만 바람을 먹고 산다. 콩꼬투리와 강한 초록 이파리들 사이로 바람이 길을 만들고 지나간다. 겉으론 만만해 뵈는 그 콩꽃을 만져본다. 쇳덩이처럼 단단하다.

제주 바람엔 색깔이 있다. 그것은 치명적인 매혹이다. 오름을 품으면 오름 바람이 되려 하고, 억새를 품으면 억새 바람이 되려 한다. 바람은 바람끼리 서로가 서로를 끌어당긴다. 연두를 만나면 연두 바람이 되고, 싱싱한 초록을 만나면 초록 바람이 되고, 바다를 품으면 푸른 바람이 된다.

제주도의 가장 제주도적인 모습을 보려면 바람 부는 날 파도치는 바다로 갈 일이다. 흔들리는 섬을 보고 싶으면 억새 바다로 갈 일이다. 미친 머리칼처럼 흩날리는 산굼부리의 억새숲이나 굼부리로 몰려온 바람의 속엣살을 훔칠 일이다. 섬의 온전한 모습을 보는 순간은 바로 그때다. 그리고, 그 바람 소리는 오름을 넘고 섬 속의 섬, 우도, 비양도, 마라도, 가파도 혹은 저 멀리 섬들의 숲 추자도에 이른다. 그 풍경은 고요하지 않고 격정적이다.

제주 바람은 제주의 비리고 시린 삶과 역사도 실어날랐다. 제주사람들은 바람이 만들어놓은 거친 삶 속에서 단단한 인간의 길을 찾았다. 바람의 길을 알았다. 바람은 밥이 돼야 했다. 바람 속에 곳간이 있었다. 한때 섬의 사람들은 이 지긋지긋한 바람 때문에 섬을 떠나고 싶은 욕망에 시달려야 했다.

또 있다. 바람은 시시때때로 이런 사람들의 잠을 뒤흔들기도 했다. 서러운 역사 속 부재하는, 돌아오지 않는 사람들을 기다리는 이들의 잠을 요동치게 했고, 바다에서 작별한 사람들의 가슴을 긁기도 했다.

그리고, 섬을 떠난 사람들은 다시 가슴을 뒤흔드는 그 바람 소리가 못 견디게 그리워 다시 돌아온다. 바람의 섬으로. 바람은 새롭게 매일 태어나고, 매일 생명력을 얻는다.

제주사람들의 목소리는 바람 속에서 만들어졌다. 솟구치는 파도 앞에서, 자갈밭에서, 바다밭에서. 노동하는 사람들은 바람과 바람을 뚫고 소리를 전해야 했다. 희미해서야 어찌 소리가 거기 이르겠는가. 제주도는 바람을 품고 바람은 제주도를 품는다. 모든 생을 품는다. 제주사람들은 바람을 먹고 산다. 파도는 바람을 먹고, 바람은 파도를 먹고 산다.

생의 모호함에 휘적거리고 있다면 제주 바람을 만날 일이다. 아마 당신의 상실도 바람 속에서 부활할지 모른다. 하여, 떠나지 못해 서성이는 상처를 치유하고자 한다면, 제주 야생의 바람에 두 팔 벌릴 일이다. 예측 없는 환희, 순식간에 몸을 훑는 바람의 육질에 몸이 떨리리. 하여 다시 깨어나는 순간을 느끼리.

제주섬은 바람을 닮은 인간들의 섬이다. 바람 없이 어떻게 우리가 맑아지겠는가. 바람을 껴안지 않고 어찌 제주가 되겠는가. 바람 없이 어떻게 사랑이 가능했겠는가.

올레,

새로운 문을 나선다는 것

한 어른과 한 소년이 길을 걷는다. 말도 통하지 않는 남의 나라. 휴대전화도 음악도 없다. 돈도 제한됐다. 하루 평균 17킬로미터씩 3개월 동안 2천 킬로미터. 프랑스의 쇠유(Seuil)협회가 주도하는 사회부적응 청소년 걷기 풍경이다. 동행한 어른은 부모가 아닌 자원봉사자. 물론 완주한 소년은 그 전과 후가 달라진다. 소년원에 수감됐던 소년은 길 위에서 잃어버렸던 자기 안의 꿈을 발견하고, 사회에 당당하게 복귀한다. 2014년 제주올레가 주관한 제4회 월드 트레일즈 컨퍼런스. 동서양 트레일이 제주에서 모인

이 자리에서 쇠유가 소개돼 시선을 끌었다.

쇠유. 나이 60에 퇴직한 기자 출신 프랑스의 한 사나이가 설립한 단체다. 사랑하던 아내의 죽음, 덮쳐오는 우울증으로 자살까지 시도하다가 길고 긴 길을 걸으며 치유를 경험한 남자. 2012년 제주올레 초청으로 제주에 왔던 베르나르 올리비에, 그다. 당시 그는 컨퍼런스 참석 당시 일흔여섯의 나이였다. 9개 국어로 번역된 《나는 걷는다》의 저자. 이 책은 프랑스에서만 40만 부 이상 팔렸다. 한 인터뷰에서 그는 "인세의 절반은 쇠유에 줬고, 절반은 세금으로 냈다. 나는 돈에는 관심이 없다. 돈으로 행복을 살 수 있다면 모를까. 행복을 파는 상점은 어디에도 없다"고 했었다. 마음이 아픈 아이들도 길을 걸으며 치유되기를 바라는 마음이었으리. 효과? 컸다.

많이 통한다, 프랑스의 쇠유와 제주올레는. '쇠유'는 프랑스어로 문턱이라는 의미다. 이제는 걷는 길의 보통명사가 된 제주올레. '올레'의 원의미 또한 문이라는 뜻이 스며 있다. 문과 문은 세계로 통한다. 제주대학교 국어문화원 강영봉 원장의 말처럼, '올레'는 문을 뜻하는 '오래'라는 우리 중세어에서 나왔다. 걷는다는 건 '문'을 나서는 길이다. '문턱'을 넘는다는 건 새로운 출발을 의미한다. 이번 총회에서 아시아트레일즈네트워크(ATN) 초대 의장으로 선출된 제주올레 서명숙 이사장 역시 전직 기자 출신에다 스페인 산티아고를 걸으며 자신을 치유했던 경험이 있다.

언제부턴가 걷는 길 위에서 중장년층들을 많이 만난다. 그들은 걸으며 행복해했다. 오래 반복되는 일상에서 벗어나 길을 걷는다 했다. 걷다보면 고여 있던 슬픔도 흘러가는 것을 느낀다 했다. 욕심이었다. 제주의 길 위에서 청소년들을 만나기란. 공부하기도 바쁘다고 아우성인데 무슨 걷는 여유? 그렇다. 이 속도의 시대, 걷기는 마치 성취한 이후에 해야 할 일처럼 다가온다. 정말 그럴까. 걷기는 왜 지금 이 자리에 있는가라는 물음을 던질 수 있는 시간이며 들바람과 햇살이 심신을 다독여주는 시간이기도 하다.

학교 문턱을 넘어서 길을 걷는다는 것은 무엇보다 자기를 살리는 길이다. 제주도. 돈 투자, 시간 투자하며 날아와 걷는다는 길의 천국이다. 고향을 떠났다 돌아온 사람들은 이제야 발견한 자신을 돌아보며 새삼스러워하고, 부끄러워한다. 사실 청소년기만 보낸 후 고향을 떠났던 이들에게 고향의 어떤 모습이 떠오르겠는가. 고향 바다의 모퉁이도, 올레길도 걸어야 세상이 보인다.

자박자박 걷다보면 제주의 황홀과 숨은 애조가 보일 것

이고, 곳곳 쓰레기도 보일 것이고, 미친듯이 치닫고 있는 대규모 관광 개발 일색의 제주도가 보일 것이다. 무엇보다 만조의 저녁에 나를 찾아온 '나'를 만날 것이다.

학교에서도 한 달에 한 번만이라도 걷기 프로그램을 만들어보면 어떤가. 더구나 일선 학교마다 징계받는 아이들이 많다. 일각에서는 갈수록 우울감에 시달리는 부적응 청소년들이 많아진다고 우려한다. 벌을 받은 학생들에겐 사회 봉사활동 시간이 주어진다. 하지만 아이들을 강제할 수는 없는 일. 반응은 시들하고 감동이나 큰 효과를 기대할 수는 없다고 교사들은 말한다.

우리 교육계가 이들 청소년들을 걷기 프로그램으로 유도해보는 것은 어떨까. 쇠유처럼. 사회엔 은퇴한 자원봉사자들이 많다. 그들과 함께 고향의 역사와 자연, 생의 경험을 주거니 받거니 하며 걷다보면 아이들의 마음에도 찬란한 폭풍이 일지 않을까. 넘어야 할 자신의 위기를 스스로 넘어서게 되는 순간이 올지 모른다.

걷는다는 건 내가 튼튼하게, 새롭게 출발한다는 의미다. 치유의 '쇠유'와 '올레'처럼. 내 마음의 문을 여는 일이다. 실천은 어려우나, 걸어야 생각이 온다. 천천히 서두르지 말고, 걷고 걸어야.

황홀한,

멈추고 싶은 제주도를 위하여

며칠 내내 눈보라가 몰아쳤다. 산과 바다를 뒤집어놓았다. 폭설의 섬. 길을 지우고 통로를 지웠다. 하늘길도, 바닷길도 웅크렸으나 설국, 섬은 황홀했다. 백야를 보내는 중산간 지경의 지인은 며칠째 나갈 수 없다고 고립무원의 목소리를 내보냈다. 섬의 한 바퀴를 돌아보는 여유도 순간이나마 부려보았다.

섬의 동쪽으로 가면서 유독 아름답다 생각한 곳은 아무래도 오름의 능선이며, 둥근 봉분들이며, 파도를 맞고 선 굽이치는 밭돌담과 해안선이리. 돌의 섬 제주도가 빛나는 순간이었다. 제주가 제주 것을 잃어간다고 아우성이다. 제주도의 진정한 미가 사라진다 말한다. 오랜만에 제주에 온 이들은 올레길을 걸으며 변해도 너무 변했다고 그런다. 눈보라 속, 제주의 모든 보석 같은 것들을 사랑하고 탐구하는 향토사와 나눈 이야기가 생생했다.

제주 중산간 곳곳 비석들이 이장하는 지점에 이정표라도 세워야 하는 것 아니냐고 한다. 길의 섬 제주는 바닷가까지 보존할 수 없다. 해안가를 유지하면서 그 바깥으로 길을 내야 함에도 바다와 붙어 길을 내다보니 해안선이 점점 사라진다. 바닷가로 가는 길은 그대로 보존해야 한다. 해안을 메우는 비용이나 밭을 사는 비용이나 같지 않은가. 더 안으로 바다를 볼 수 있도록 연차적으로 길을 내야 한다.

마을은 마을대로 전체적으로 길을 트는 연구가 너무 많다. 가령 화북성으로 다니는 길이 있는데 마을에서 좁다고 하자 1.5미터 정도 폭으로 단숨에 길을 터버렸다. 길을 다 낸 후에 도에서 심의를 해달라고 들어왔다. 길을 이미 낸 후에 무슨 문화재 심읜가.

그런 경우도 있다. 바위에 드릴로 뭔가를 박고 있더란다. 난간을 설치하려고 쇠기둥을 박고 있었던 거다. 한 달 후쯤 심의가 들어왔다. 원형을 보존해야 하는데 너무 나간 것이다. 지금 올레길은 난간투성이다.

중산간 비석들이 필요 이상으로 많이 이장되고 있는 모습도 아쉽다. 유명한 진사의 비석이었다. 새로 비석을 만드느라 옛것을 버리고 있다. 거기에 이정표라도 세우면 어떨까 한다. 문화 없는 관광은 오래가지 못한다. 개발되지 않은 마을조차 골프장으로 다 없어지고 있다. 마을 이름조차도. 사라져가는 동자석 밭돌담을 어떻게 보존하고 기록해둬야 할 것인가도 중요하다. 자손들이 잘 몰라서 훌륭한 향교 훈장의 글씨도 아파트를 지으면서 묻어버린 모습을 봤다.

아쉽다. 그러한 비석의 비문을 지은 이 또한 함께 묻혔기에. 소, 말을 키우는 젊은 사람들이 없어지면서 옛 이름 옛길을 잊어버린다. 비석은 옛길의 이름도 말해준다. 향토의 수많은 유산을 품고 있다. GPS를 찍으면 묘 있던 데가 나온다. 하나하나 조사하는 사람들이 놔둬야 한다.

없애라 하는 것 아니다. 옮기는 것 반대하는 것 아니다. 하나하나 기록해서 놔둬야 한다. 이 지역의 비문인데 지명은 다르게 나온다. 후세대 연구자료로 남길 수 있다는 것이다. 그럴 때도 물어보고 기록으로 남겨야 한다. 책이라도 남길 수 있도록 말이다.

한라산의 얼굴을 가리지 마라

99세. 은퇴 없는 화가의 붓칠이다. 2014년 제주도립미술관에서는 특별한 기획 전시회가 열렸다. 우리나라에서는 거의 드문, 백수(白壽) 작품전. 한국구상미술계의 거목이자 살아 있는 근현대사이기도 한 장리석 화백의 '장리석-백수의 화필' 전이었다. 화가의 70여 년 작품세계를 한 자리에서 볼 수 있는 전시회였다. 노구를 이끌고 제주에 온 그는 놀랍게도 그해 완성한 작품까지 내놨다.

화가의 고향은 평양이지만 그의 감성적 고향은 제주도다. 이미 자신의 분신처럼 아끼던 거의 모든 작품을 기증한 제주도가 아닌가.

한국전쟁기, 타히티에서 원초적 여성들의 생명력을 그린 폴 고갱처럼 절박한 영혼으로 떠나온 젊은 화가였다. 잠시 정착한 제주에서 그는 거침없이 섬의 풍경을 담았다. 생명력이 느껴지는 제주 잠녀, 남국의 봄, 한라산의 3월을 그리며 그는 갈 수 없는 고향을 둔 자의 빈 마음을 달랬다. 그는 지금도 그림 속 1950년대 제주시, 제주에서 세 들어 살던 집 주인과 주변 노인들의 풍경까지 기억하고 있었다.

젊은 그는 백수의 화가가 돼 마음의 고향 제주에 닿았다. 예전 인터뷰에서 그가 그랬다. "처음 울면서 들어간 제주도였는데 나갈 땐 어느새 고향처럼 정이 들어 또 울면서 나가게 되더군요." 그런 노화가가 안타까워하는 것이 있다. 갈수록 제주도만의 문화가 사라지고 있다는 것. 제주도는 문화를 가장 높이 놓아야 되는데 안 그래 뵌다는 거다.

그의 뼈아픈 고언. "제주도는 독립된 섬이거든. 외국에서도 누구든 제주도 가면 재미난 것 많이 보게 된다고 해서 다 오게 만들어야 해. 그러려면 조상이 쓰고 내려오던 것을 그대로 살려나가야 해. 그것이 중요해. 그런데 제주도가 너무 외국 흉내를 냈어. 석다(石多)라고 해서 돌이 얼마나 많아. 돌을 이용해야 해. 알지도 못하는 외국식으로 해놓으면 되겠는가. 돈을 어떻게 하면 빨리 버느냐 하는 게 기계로 찍어낸 돌하르방이야."

베니스는 베니스식이 있듯 제주는 제주다운 건축물이어야 한다는 이 노화가의 말은 여전히 유효하다. 그는 아직 이 사실까진 모른다. 최근 제주도에 수십 층 규모의 초고층 건물들이 들어선다는 소식. 시민사회단체와 여론을 뚫고 건물은 선다. 오래전부터 우려해온 이야기다.

제주에 왜 초고층 건물인가. 초고층은 거대 자본의 상징이다. 밀집한 교통난, 주변과 전혀 조화롭지 못한 정취, 일조권 등등의 이유가 아니라 해도 그 발상부터 놀랍다. 이미 자고 나면 우뚝우뚝 들어서는 고층 건물로 어디서든 보이던 한라산이 보이지 않는다. 스카이라인이 무너지고 있다. '세계자연유산의 섬 제주'는 하나의 타이틀일 뿐인가. 사람들은 어느 곳에서나 볼 수 있는 또 하나의 도시를 보러 제주에 오지 않는다.

다들 자신이 태(胎)를 사른 마을에서 본 한라산의 얼굴이 가장 아름답다고 제주사람들은 말해왔다. '우리 동네' 어디서든 한라산을 볼 수 있었던 자부심이 미덕이던 제주도, 어디로 간 것일까. 사람과 사람의 배려처럼 적어도 건물도 주변을 배려하는 것이어야 한다. 자연 따로 인간 따로 가면서 인간과 자연의 조화를 말한다. 무엇이 오래가는 제주의 미래인가.

대책 없이, 정책입안자들은 몇 년 후면 곧 후회할 행정을 반복한다. 자신의 대에서 다 공사판을 벌여야 한다고 생각한다. 제발 한라의 얼굴을 가리지 마라. 초고층 빌딩은 도시의 정체성과 얼굴에 메스를 가하는 예민한 부분이다. 제주의 속살을 보러 온 사람들은 말한다. 오래전 제주의 자연에 빠져 다시 찾았다는 사람들은 말한다. 제주가 제주만의 색깔을 지닌 섬, '느린 섬'이었으면 한다고. 품격 있는 예술의 도시가 됐으면 한다고. 그런데, 제주적인 것들이 다 사라지고 난 다음 어쩌자는 건가. 문화의 향기가 아닌 자본으로 도배되는 것이 과연 세련된 것일까. 지도자는 적어도 제주도 전체를 철학과 감성의 시선으로 바라봐야 한다. 예술가의 눈으로. 없으면 안목이라도 빌릴 일이다.

이제 '우리 동네'서 보면 마음 푸근해지던 한라의 얼굴은, 이국적인 제주의 봄은, 화폭이나 기록에서나 찾을 수 있는 것이 될지 모른다. 지금 우리가 보는 제주도는 내일 다른 모습이 될 것이기에.

제주만의 것이 아니다

그 길은 천년 비자나무가 사는 제주 비자림으로 가고, 가다보면 아름다운 평대 바다로 이르는 길이다. 결국 터질 것이 터졌다. 제주 비자림으로 가는 길의 삼나무가 무더기로 잘려나갔다. 절박감. 그런 생각이 든 것은 나만이 아닐 것이다. 터진 후 다시 한번 그 길을 찾았다. 비자림로. 폭염의 오후였고, 양쪽으로 도열한 녹색 삼나무 군단은 그 오후의 생명력으로 질펀했다. 이 길을 지날 땐 어쩐지 겸허해지고, 어쩐지 여유를 찾게 된다는 서울살이 하다 온 내 친구의 말이 들려왔다. 그것들은 빽빽해 시야를 가린다느니, 인공조림이라느니, 삼나무의 생태가 어떻다느니와 무관하게 그냥 그 자리에서 도도했다. 얼마 지나지 않아서였다. 여기저기 잘려나간 삼나무 붉은 자국들이 민낯을 드러낸 것은. 싹둑 900여 그루. 덜컥했다.

그동안 섬의 나무와 숲 들이 개발의 이름으로 뭉개지고, 넓어지고 미끈 포장돼온 것이 어디 어제오늘의 일이랴. 하늘에서 보면 이렇듯 수많은 길의 섬은 처음 본다는 사진가들의 말이 나온 지도 오래다. 언론과 함께 이 길은 뜨거운 이슈로 솟구쳤다. 지역민들의 찬반 논란 속 환경운동가들, 숲을 사랑하는 사람들이 찾아오고, 급기야 국민청원으로까지 번지더니 공사 중지! 한 치 앞을 모르는 인간의 삶처럼, 잘려나갈 뻔했던 삼나무들의 운명도 달라진 셈이다. 제주도도 다른 대안에 부심 중이란다. 그럼에도, 이젠 더는 지켜볼 수 없었던 걸까. 늦었으나 삼나무를 계기로 제주 자연에 눈길을 주는 것은 다행스럽다.

이미 확장되는 길들도 시야에 들어온다. 제주 오름 중 빼어난 자태를 뽐내는 오름의 여왕 다랑쉬오름과 그 앞의 새끼봉인 아끈다랑쉬오름. 이 오름 자락을 돌아가다보면 다랑쉬굴이 나온다. 1992년 유해 11구가 발굴되면서 4·3의 진실이 세상에 알려진 아픈 역사의 공간. 다랑쉬굴을 찾아가는 이들에게 그 길은 그날의 사람들을 떠올리게 한다. 그 길. 가다보니 구불구불 좁은 길은 쭉 뻗어 확 너른 길이 됐고, 오름과 조화를 이루던 길은 전혀 다른 배경이었다. 4·3으로 잃어버린 마을이 되고 그나마 그날을 기억하는 비틀린 팽나무 한 그루. 그마저도 사라질 위기였다.

길은 길의 역사가 있다. 해서 남겨둬야 할 길들이 있다. 왜 길은 조금 좁고, S자로 구부러지면 안 되는가. 왜 위험한 도로는 더 천천히 가는 장치를 하고, 관광객은 제한하는 길을 모색하면 안 되는가. 왜 길은 주변의 숲과 생태계와 함께 살아가지 않으면 안 되는가. 돌밭의 생을 살던 옛 사람들이 생을 다해 다지듯이 걷고 걸어서 만든 길이다. 물론 제주만의 문제랴만.

제주 자연이 어디 제주도만의 것인가. 또한 원시림이 당대만의 것인가. 제주의 바다가, 제주의 산이, 제주의 돌이, 제주의 공기가 어디 제주만의 것인가.

제주에 오는 이유는 뭔가. 제주다운 것을 보러 오는 것 아닐까. 더는 상처받지 않도록 지켜내는 일도, 성찰하고 고민하는 일도 모든 이의 몫이다. 섬이 절박하다. 절박할 때 대안이 나오는 법이다.

제주도가

길을 묻고 있다

초가을 물볕 아래 그녀가 있다. 오름처럼 등 굽은 할머니가 키만큼 감태를 쓸어 담는다. 이윽고 그녀가 허우적 걸음을 뗀다. 바다풀 사이로 난, 그녀가 만든 올레길. 그 안에 있었다. 바람 불면 모래가 사방으로 들어오는 모래 언덕 집. 묻지 않아도, 아흔을 바라보는 그녀가 자랑하는 100년도 더 된 집. 그 홀로 지킨다. 마을엔 옛 친구도 없고, 토박이도 거의 없다. 묻지 않아도 당연히 고향이니까, 정든 집이니까 좋단다. 올해도 '추석 멩질(명절)'쇠러 제주시에서도, 부산에서도 자식들이 다녀갔다. 그녀의 집과 경계를 이룬 청옥의 바다, 아름다운 모래 해변은 딴 세상이다. 형형색색 건물들. 낯설다. 고개를 들면 열풍처럼 누군가 허락한 중산간의 난개발이 보인다.

한 시대는 용암의 대지였고, 저항의 대지였고, 뜨거운 삶의 대지였다. 거친 밥의 시대, 제주사람들의 삶의 지문이 아로새겨진 대지다. 찬찬히 섬 한 바퀴를 돌아본다. 그런데 이 스멀거리는 착잡한 마음은 어디서 오는 걸까.

제주도 면적의 5분의 1밖에 안 되는 일본 열도의 남쪽 외딴섬 야쿠시마. 애니메이션 〈원령공주〉의 배경이 되고, '성스러운 노인'이라 부르는 7천 500살 먹은 조몬삼나무가 산다는 섬으로 유명하다. 1993년 세계자연유산으로 등재된, 이 작은 섬의 70대 환경운동가 효도 마사히루 씨를 만났다. 어려서 고향 떠나 도쿄에서 살다가 서른에 고향으로 돌아와 야쿠초 의회의 의원을 하기도 했다.

그가 환경운동을 통해 전하려는 메시지는, 양보다는 소박하지만 질을 추구하는 삶으로 빨리 전환해야 한다는 것이었다. 1만 4천 명이 사는 야쿠시마가 하루 소화할 수 있는 적정 인원은 최대 2천 명이며, 그는 그것을 지켜내기 위한 운동을 벌인다. 그의 결론은 제주도는 제주도다운 것, 야쿠시마는 야쿠시마다운 것, 그것이 생명이란 거다.

뜻밖이었다. '세계자연유산의 섬, 제주'에 환호할 때였다. 그가 경고했다. "제주도도 절대 방심하지 말아야죠. 순식간에 퍼지는 인터넷 세상입니다. 생각지도 못했던 일이 일어날 수도 있습니다." 정말이다. 그렇게 세상은 우리가 고개를 잠깐 돌리는 새 변하고 있는 것이다.

제주도 관련 이슈 중 하나는 역시 중국땅 이야기가 아니었을까. 중국인들이 소유한 제주도 땅은 몇 년 사이 마라도 면적의 20배, 여의도 면적의 2배에 달한다니. "자고 나면 팔렸다더라. 흥정 없이 산다더라. 이러다 제주가 중국땅 되는 거 아니냐." 우려가 현실이 됐다. 지난 2010년 부동산 투자이민제 도입 이후 중국인들의 토지 보유 속도는 가히 폭풍 질주의 수준. 제주땅은 '차이나 머니' 공습에 무너지고 있다. 그들에게 제주도는 매혹덩이다. 숨겨둔 비경, 구석진 중산간마저 투기성 자본의 손이 주물럭거린다.

이상한 일이다. 거대 자본에 대해서는 그처럼 배려를 하면서 1차 산업에 평생을 걸고 사는 이 땅의 노동에 대한 배려는 얼마나 했는지. 1차가 무너지면 뿌리가 흔들린다. 섬의 입장에서 보자. 밀물처럼 밀려오는 1천만 제주 관광객 시대란 우리에게 무엇일까. 또한 자연에 대한 배려는 왜 없는 것일까.

많이 방심하는 새 제주다운 것들, 제주의 곶자왈, 원초적 오름 자락이, 문화가 사라지고 있다. 대지가 훼손되면 제주의 가치마저 무너진다. 스스로 길을 묻는다. 탐라 혼은 어디 있는가. 우리들 어머니의 대지는 과연 환산할 수 있는가.

오늘도 어느 귀퉁이에선 늙은 집 하나 지키는 제주인의 삶이 있다. 그리고 그 땅을 탐하는 또다른 눈들이 있다. 지금 이 순간에도 유혹한다. 당신들의 땅을 팔라고. 속삭인다. 몇 배로 쳐주겠다고. 조각칼로 긁어내듯 대지가 뒤틀리는 소리가 들린다.

거칠어서 더디게 빛을 발한 이 땅은 절대 겸허가 필요하다.

이 대지의 운명은 어디로 가는가. 이러한 고민 앞에 선 제주도의 어떤 대책은 없는가. 제주도가 길을 묻고 있다.

지금

해안선이 사라지고 있어요

한때, 그랬던가요. 오목조목 아기자기한 아름다움이 집약된 이 화산도, 제주는 한반도의 마지막 남겨진 보루라고. 정말 아끼는 보석 하나는 남겨두자고. 지치고 힘들 때 품어줄 그런 마음의 고향 하나쯤 남겨두자고. 그렇습니다. 이건 화산의 분출, 격류라고나 해야 할까요. 터진 물줄기처럼 이 섬의 지형은 변해도 너무 변했습니다. 이런 소리도 나옵니다. "10년이면 강산도 변한다"가 아니라 "6개월이면 변한다." 만약 당신이 제주에 온 지 몇 년 됐다면 아마 기억의 장소가 없어졌을지도 모를 일입니다.

요즘 만나는 사람들은 종종 말합니다. "내 집이 내 집 같지 않다"고. 5년 만에 모슬포 친정집을 찾아온 포항댁 친구가 한숨을 쉽니다. 집을 찾지 못해 한참 애를 먹었다고. 세계자연유산이 있어 관광지가 된 마을에 사는 친구가 한탄합니다. "밭 하나, 녹색 하나 볼 수 없어. 매일 공사 예정지투성이니."

제주섬. 바람이 닦아놓은 S자의 섬. 바람의 섬이죠. 바람은 아름다운 섬의 곡선, 해안선을 빚어냈지요. 그 해안선 끝자락을 보셔요. 낮은 마을이 보입니다. 그 마을의 좁다란 돌담 올레길은 굽이치는 바다로 향하고, 집과 집을 잇고, '삼춘(제주에서 가까운 이웃을 이르는 말)'과 삼촌 들이 우연히 만나 소통하는 길. 그렇게, 자연과 사람이 만든 마을의 동선은 기막힙니다.

그 마을, 둥근 섬의 바람은 팽나무의 가지를 바람 부는 방향으로만 틀고 있죠. 돌과 돌의 트멍(틈)을 통과한 바람의 갈기는 한라산을 넘고, 오름과 오름의 관능적인 곡선을 관통하고, 검은 바다 돌과 부딪히며 기막힌 제주의 선을 빚었습니다.

하늘길에서 보면 오밀조밀 이어진 현무암 돌담, 오름 자락의 둥근 봉분과 돌담으로 울타리를 두른 산담이 보입니다. 탐라산과 오름, 바다, 햇빛, 바람, 구름, 곶자왈은 제주의 질감과 색감을 이루는 성분입니다. 아래아가 살아 있는 제주의 언어가 낯설듯 투박한 질감과 색감은 전혀 새롭지요. 섬의 냄새는 분명 육지에서의 냄새와 다릅니다. 어지러울 정도로 치명적인 자연, 모든 토속적인 삶의 문화가 조화로운 섬입니다. 해서, 이미 오래전 나비 박사 석주명은 제주도를 만나는 순간 제주도 채집에 온몸을 걸었지요. 그는 거친 토양 속의 제주도 생태, 민속, 언어 등이 보배임을 일찍 감지한 사람이었습니다.

화산이 빚어낸 용암의 섬 위로 피 토하듯 생존과 싸우는 숨소리가 흘렀습니다. 거친 밥의 시대, 한때는 순응의 대지였고, 섬을 위협하는 것들과 맞서던 저항의 대지였고, 상처받은 사람들이 다시 일어나야 했던 뜨거운 삶의 대지였습니다. 제주 중산간의 황무지에서 노을을 보신 적이 있던가요. 중산간 마을 사람들의 삶은 그대로 제주의 맨살을 보여줍니다.

여인들은 새벽이면 바닷가 용천수의 물을 길어 올리고, 거친 밥을 지어 먹고, 물질하러 바다로, 밭으로 나갔습니다. 살아 있는 서사무가(敍事巫歌)의 본향이자 신화의 섬. 마을마다 모두의 안녕을 위해 치성을 드리던 신당, 간혹 바다를 떠도는 무가 소리가 가슴을 울리기도 했죠. 육지완 확연히 다른 노동요로 노동의 시름을 달래던 사람들, 어려울 땐 몸을 아끼지 않던, 공동체가 살아 있었죠. 한여름, 물외에 된장 하나 풀어넣으면 뚝딱 완성되던 냉국, 자리물회, 자리젓, 멜젓(멸치젓)에 콩잎쌈 하나면 행복해하던 별의 밤이 있었습니다.

신이 빚어낸 이 아름다움 앞에 무릎 꿇었던 이방인이 어디 한둘인가요. 저 일본의 작가 오다 마코토는 제주의 독특한 삶의 문화에서 일리아드 오디세이를 연상했고, 노벨상 작가 르 클레지오는 제주를 지구상 얼마 남지 않은 자연을 가진 섬이라고 했고, 중국 작가 위화 역시 돌과 제주 바다의 포말마저 신비롭다 했죠. 그러면서 그것의 배경이 되는 아픈 4·3의 고통을 일출과 일몰처럼 마주해야 하는 제주인들은 그 운명을 벗어날 수 없다 하더군요.

한데, 왜 그럴까요. 이것은 내내 마음에 각인된 과거의 제주입니다. 그렇게, 이 섬땅에 태어나 유전하고 있는 사람의 기억엔 다행히도(어쩌면 불행히도) 과거의 제주와 현재의 제주가 살아온 만큼 공존합니다.

새로운 길 위로 묻혀버린 기억이 기어갑니다. 작은 마을길을 걷다가 사라진 그 자취의 흔적과 냄새를 따라들어가다보면 그렇습니다. 제주도의 현재는 서서히 사라져간 것이 아닙니다. 부숴지고 무너뜨리고 밀어버리고 휩쓸리면서 그토록 지켜오던 수백 년 된 팽나무가 사라지듯 마을의 기억을 지워가고 있습니다. 사라지는 것들의 이름이 어디 한둘인가요. 마을 어디서든 보이던 한라산과 오름의 스카이라인은 고층 빌딩, 펜션으로 시야를 가립니다. 물줄기의 흐름을 오래도록 스스로 잡아내던 마을의 하천들은 무참하게 콘크리트로 뒤덮여지고 있지요. 구불구불 길들은 나날이 직선으로 펴지면서 각을 세웁니다.

이 격류는 분명 낯설기만 합니다. 비밀의 정원은 사라졌습니다. 공기가 달라지고 있고, 제주의 지형이 갈수록 달라지고 있습니다. 속살은 드러내면 드러낼수록 더 드러나는 법입니다. 자본의 물결이 쓰나미처럼 제주의 모든 정원을 벼락치듯 덮치고 있으니! 중산간에서 비로소 보이던 그 야생의 황무지는 더이상 야생이 아닙니다. 흔적도 없어졌습니다. 무지하게 밀어붙이는 개발의 이름 아래. 강정마을, 화순마을, 제주시 탑동, 어디든 그 몽글몽글한 돌들을 무참하게 묻어버린 채. 해안선이 사라진다는 것은 무엇일까요. 그와 함께 모든 생명체들은 먼 데로 가버리거나 가고 있다는 것입니다.

농어촌의 목가적인 풍경은 먼 풍경이 되고, 요술 방망이처럼 돌아서면 생기는 모던한 건물들. 제주를 이루던 선이 변형되고, 그토록 아름답던 마을의 동선이 무너지고 있습니다. 선의 형태가 사라진다는 말? 너무 낭만적인가요. 이제 이 제주 생태계의 끝자락인 해안선은 더이상 지극하지 않습니다. 사라진 해안선 대신 방파제가 바다와 만납니다. 그렇게 저무는 해를 기다립니다.

제주시 가까운 삼양마을엔 겨우 남겨진 한 톨 제주 초가의 머리가 보입니다. 폭염 아래 축축 늘어진 옥수수밭을 배경으로. 돌과 지푸라기가 꼬여서 큰바람에도 끄떡없는 지붕. 아흔둘, 송 할머니 집입니다. 시집와서 70년, 그 이전 시할아버지 대도 살았으니 집의 수명은 얼마나 될까요. 텃밭은 마을길 넓힌다고 잘려나가 신작로가 됐지요. 그 집 앞 삼양 모래 해변으로는 카페, 펜션이 즐비하고 그녀의 집 주변엔 오늘도 신축 건물들이 '공사 중'입니다.

제주의 불지옥 4·3의 복판에서 스물둘 청상이 된 여인. 딸 하나 키워 서울로 시집보냈고, 홀로 그 집 지키는 송 할머니. 그녀에게 지금의 변화는 어떤 의미도 없습니다. 그녀만의 삶의 문화가 소중합니다. 그녀는 올해도 바깥채의 초가지붕을 새로 올린다 합니다. 직접 띠(새)를 엮어 지붕 이는 일은 힘들지만 지금까지 해왔습니다. 긴 세월 지켜온 지고한 순정처럼.

제주시 아흔여섯 고 할머니 역시 비슷한 생. 남편은 다섯 살 딸 하나 남겨두고 4·3의 광풍 속에 행방불명. 40여 년 전 자신이 지은 단독주택에 홀로 사는 그녀. 잘 가꿔진 앞마당 텃밭엔 콩잎이 성성합니다. 근데 요즘 잠이 오지 않고 가슴이 벌렁거린답니다. 그 텃밭에 얼마 전 측량기사가 말뚝을 박고 간 뒤부터죠. 길 확장 사업에 그렇게 아끼는 텃밭이 전부 잘려나가게 된 것입니다. 그녀는 말문이 막힌다 했습니다.

해안 마을 김 할머니의 100년 넘은 슬레이트집은 바로 그 유명한 옥색 바다, 젊은 바다로 왁자한 월정리 바다 경계에 있습니다. 그녀는 자꾸 집을 팔라며 보러 오는 사람들의 유혹에 시달립니다. 집과 토지를 팔고 아파트로 이동한 노년들. 남겨놓은 마을의 집들은 삶의 집을 도시에 두던 자식들이 어떻게든 지켜내야 할 집이 되지 못합니다.

제주를 진정 사랑하는 사람들은 제주의 가치가 제주사람, 제주어, 제주역사, 문화라고 말합니다. 돌의 섬 제주도는 섬 전체가 자연사박물관, 세계적인 관광지가 될수록 민속문화를 보존해야 한다고 말합니다. 허나 제주의 생태계, 고유성은 야금야금 자본에 먹히고 있습니다. 과연 제주가 라스베이거스하고 경쟁해야 할까요. 마을과 마을의 토속성, 삶의 문화는 이미 생채기가 났습니다. 농사짓던 땅 위로 펜션이 들어섭니다. 제주 문화를 다르게 재해석한 변질된 정보가 터치폰처럼 전파됩니다. 오래전 신화적인 섬의 분위기에 전율했다던, 제주섬 전체가 거대한 무덤 같다며 쇼크를 받았던 한 프랑스 시인, 그녀는 진짜 관광지가 돼버리면 다시 찾고 싶지 않다고 말합니다.

길은 어디서 나와 이렇게 길의 섬이 됐을까요. 행정가와 정치가 들은 흡사 길의 혁명을 사명으로 한 사람들 같습니다. 사통팔달 뚫린 길, 넓어진 길의 섬. 그러나 그만큼 마을 올레를 이어주던 따스한 마음에도 거리감이 생긴 것을 알까요.

무릇 하늘 아래 변하지 않는 것은 없습니다. 허나 제주특별자치도. 이 땅의 외지인들의 토지 보유 속도는 가히 폭풍 질주의 수준. 결국 자본의 문제일까요? 누구의 입장에 선 개방과 개발인지. 밀물처럼 밀려오는 1천만 제주 관광객 시대에 박수만 보내야 할까요.

생각지도 못했던 일들이 우리 눈앞에 현실로 확 터졌

고, 터지고 있습니다. 마음이 방심하는 새 제주의 가치를 이루던 미학은 많이 사라졌습니다. 한번 무너진 것들은 어떻게 복원 가능할까요. 복원 프로젝트 자체가 대형화·고급화하면서 질감도, 색감도, 규모도 어색한 얼굴이 됐습니다. 섬 귀퉁이 하나에도 역사의 상처가 깃든 참혹한 아름다움의 섬. 변방이지만 제주섬의 가장 토속적인 것은 가장 보편적인 것, 세계적인 것이란 화두를 내걸던 말은 옛말이 되는 걸까요. 그렇다면 이 모든 원인은 어디 있을까요.

행정가와 정치인, 투자자, 건축가가 가장 큰 문제라고 한 이는 세계 건축의 거장 리카르도 레고레타입니다. 생전의 그가 제주에서 한 말입니다. "모든 도시들의 문제이기도 하지만, 자연을 배경으로 어떻게 가장 아름다운 공간을 지을 것인가 하는 것보다 우선하고 있는 것은 무엇일까요. 단지 자연을 배경 삼아 어떻게 하면 상업적인 공간으로 만들까 하는 데서 문제가 나오는 것이겠지요. 물론 제주인들 스스로 지켜내려는 마음이 가장 중요하겠지요. 또한 사랑하는 만큼 책임을 피할 수는 없는 일. 제주에 눈을 주고, 살러 오고, 제주를 사랑하는 누구나의 문제이기도 하지요."

그럼에도, 모순되게도, 나는 지금 제주 바다에 서 있습니다. 가슴이 그럽니다. 일몰의 제주 바다 앞에, 붉은 한라의 어깨가 푸근히 감싸고, 검은 바위를 때리는 저 검으나 푸른 바다로 하강하는 노을 앞에서 어떻게 감탄사가 나오지 않겠는가. 어떻게 사랑하지 않을 수 있겠는가.

해서, 요동치는 이 급류의 시대, 어쩌면 지금 우리는 제주의 사라지는 끝자락에 서 있는지 모릅니다. 그것을 부여잡고 싶어 하는 것인지 모릅니다. 저 해안선의 끝자락처럼. 저 생의 끝자락에서 자신의 집을 부여잡고 있는 아흔의 할머니들처럼. 또한 제주는 묻고 있습니다. 지금 제주섬을 꿈꾸는 당신이라면 어쩔 텐가? 그렇다면 대체 제주는 어디로 가야 하지? 그럼 우리의 후대는 뭘 하지?